FRAGILES **RIVAGES**

De la même autrice

Première pierre, récit publié aux éditions Colonna en 2011, co-réédité en 2023 par SCUDO édition et PLAN B Éditions.

Textes des Nocturnes, Poèmes, travail collectif publié de 2015 à 2018 au catalogue du Château de Bosc, centre de sculpture contemporaine de Domazan (30).

Illustration d'un texte théâtral de Joël Jouanneau, *L'Enfant cachée dans l'encrier*, dans la collection Heyoka jeunesse chez Actes Sud, 2009.

PLAN B Éditions remercie John Micallef.

Illustration de couverture, *Traces*, 2010 © Annie Drimaracci
Graphisme, Aurel Chatenet
Le logo PLAN B a été créé par Raphaël Thierry - 2019

ISBN 978-2-490584-28-4

Annie Drimaracci

FRAGILES
RIVAGES

PLAN B
éditions

SCUDO
ÉDITION

« Et maintenant ? (*Un temps.*) Les mots vous lâchent, il est des moments où même eux vous lâchent. (*Se tournant un peu vers Willie.*) Pas vrai,Willie ? (*Un temps. Se tournant un peu plus, plus fort.*) Pas vrai, Willie, que même les mots vous lâchent, par moments ? (*Un temps. Elle revient de face.*) Qu'est-ce qu'on peut bien faire alors, jusqu'à ce qu'ils reviennent ? »

Oh les beaux jours, Samuel Beckett

« Je vous l'ai dit mille fois et je vous le dis une fois de plus. Seule l'eau vive peut laver les offenses du monde et désaltérer le genre humain offensé. Mais où est-elle, cette eau vive ? »

Conversation en Sicile, Elio Vittorini

M,

Le 2 novembre, jour des Morts, avant d'aller me coucher, j'ai tué deux mouches, de la manière la plus cinglante qui soit. Sans appel, sans qu'il leur soit donné le temps de dire ouf. Je l'ai fait à regret quand même, non sans les avoir priées à divers moments de la journée de bien vouloir sortir, en leur ouvrant tout grand les portes avant qu'il ne soit trop tard et qu'elles ne me contraignent à cette regrettable extrémité, pour éviter – ce que je déteste – qu'elles ne viennent troubler ma lecture en bombinant, lourdement en cette saison, autour de ma lampe de chevet.

J'ai donc lu un moment et en toute tranquillité une belle histoire intitulée *Par les routes*, avant de me dire que la nuit était si avancée qu'il était temps de refermer le livre et déraisonnable de vouloir le terminer à cette heure.

Mais je ne sais alors quelle mouche m'a piquée et j'ai ouvert mon smartphone pour aller voir, ce que je n'avais pas fait depuis longtemps, si tu avais récemment écrit quelque chose sur ton journal de bord ouvert à tous les vents de la toile, seul fil ténu, maintenant que les ponts sont coupés, qui me donne par intermittence quelques faibles signaux de toi.

Et là je tombe sur ce texte poignant et espiègle, sur le fil justement, comme tu sais le faire, entre le tragique et sa dérision, gravité et légèreté. Et je me dis que malgré la radicalité de tes derniers mots écrits il y a plus d'un an, excommunication solennelle répondant (aussi) de la manière la plus cinglante qui soit aux paroles par moi-même prononcées quelque temps auparavant et que tu n'avais littéralement pas pu entendre, malgré donc tes derniers mots cinglants (mais je te dirai plus tard pourquoi je ne les ai pas trouvés justes), par extraordinaire, nous sommes toujours ou encore reliés. Je lis ton texte où les mouches sont à l'honneur et comme la pierre angulaire d'une écriture d'urgence nonchalante, proprement (si l'on peut dire) essentielles mais pas que, convoquant la littérature et de glorieux dépositaires qui s'y sont frottés avant toi, pour les mêmes raisons purement (si j'ose dire) existentielles. Je l'ai découvert précisément ce soir-là.

J'aurais dû me méfier, d'autant qu'en jetant la première malheureuse inaugurant le sac soigneusement disposé dans la poubelle quelques minutes auparavant, je m'étais dit qu'à chaque fois que j'en ouvrirais le couvercle et jusqu'à ce que, rempli, ledit sac n'aille échouer dans le conteneur, le fantôme de la pauvrette viendrait me reprocher mon geste implacable, celui de la seconde n'étant que la réplique atténuée de la précédente.

Mais j'en viens au fait. Ton texte m'a touchée, je le redis, contrairement à d'autres glanés ça et là au fil des mois qui m'avaient confortée dans l'idée du deuil nécessaire d'un *nous* disparu et de la fin avérée de ce qui avait pu lier ces deux drôles d'oiseaux. Je te lis et tu me lies encore par ce que tu écris. En écrivant, une fois de plus tu m'écris et alors, c'est presque comme si, malgré l'interdit posé, tu m'invitais à te répondre. À te dire que j'ai lu, jusqu'à la clé des dernières lignes, et que je comprends si bien ce qui anime les touches de ton clavier, écrivant ces mots.

Alors il me faut faire un effort pour me persuader que ce désir de réponse n'a pas d'importance, que ce n'est rien, cela va passer. Le ressentiment reviendra en renfort de l'indifférence, quand ce sera nécessaire, et il ne faut pas bouger, cela n'en vaut pas la peine. D'ailleurs l'actualité, dont je convoque le souvenir, avait déjà creusé un fossé entre nous. Nous nous étions peu à peu trouvés aux antipodes, chacun ne parvenant plus à supporter les orientations politiques de l'autre.

Et puis surtout, il y a ce que je ne peux te pardonner, et tu le sais parfaitement – tu as joué sur du velours pour me clouer le bec – le contexte dans lequel est arrivé sur une de mes boîtes de courrier électronique que tu n'utilisais plus depuis des années pour m'écrire, ce message sans accusé de réception possible. J'aurais tout aussi bien pu ne pas le trouver, consultant rarement cette adresse, et souvent uniquement pour la délester, sans les regarder, de dizaines de publicités jetées au panier.

Sans même l'évoquer, tu t'es affranchi de ce contexte douloureux dont je t'avais averti, en écrivant en préambule qu'au moment où tu recevais mon courriel tu t'apprêtais à m'adresser le tien, ce qui à tes yeux suffisait à justifier ce moment par toi choisi du clic de la rupture. Autrement dit, la lecture du mien et la tristesse qu'il contenait pour des raisons fortes, extérieures à nous, ne t'avaient pas incité à différer de rompre *manu militari*, n'avaient aucunement entamé ton choix de frapper fort et vite. Ce *définitivement* qui nous avait liés comme nous l'avions cru pour toujours se renversait, prenait la direction opposée et le clic

Envoyer devenait le couperet silencieux mettant un terme à toute communication. Définitivement.

Sur le fond de ta décision, il n'y a rien à dire.

Mais tu l'avais fait quand même, tu l'avais fait à ce moment-là, en dépit de. Et cela, finalement, avait coupé court au chagrin possible de la gifle de tes mots, produisant une réprobation telle face à la brutalité du geste qu'elle annihilait la douleur, interdisait la tristesse que j'aurais pu en concevoir. Au fond, devant cette incongruité, je ne pouvais qu'approuver alors le nouveau sens que prenait entre – ou en travers de – nous, l'adverbe définitivement. J'avais bien compris malgré tout que la violence de ton message répondait à celle que tu avais éprouvée face à mes paroles pourtant si longtemps réfléchies lorsque nous nous étions vus. C'était donc la dernière fois, ce que je ne savais pas encore. Qui sait, tu avais peut-être jugé cependant que dans les circonstances difficiles que je traversais, il passerait mieux, m'économiserait une souffrance : j'avais assez à faire avec les tourments qui m'occupaient pour ne pas me charger d'un nouveau chagrin. Après tout, l'inopportunité de ton geste tombant comme un pavé dans la mare n'était-elle pas une forme complexe de délicatesse ? Cela restait dans le domaine du possible.

De toute façon ce n'est jamais le bon moment. Je sais. Sans doute. Tout comme ce n'était pas le bon moment que je te parle quand et comme je l'avais fait. Mais cela va plus loin. Je passe sur la tristesse du moyen, le canal virtuel, qui va jusqu'à la négation de ce qui a existé, réduisant l'histoire à une poussière de signes absolument désincarnés. Il paraît que chez les adolescents et jeunes adultes, il est fréquent de rompre par sms, sans autre forme de procès. Mais « nous » exécuter ainsi par courriel, je suis tentée de dire *à notre âge*... est-ce vraiment concevable ? Au fond, c'est presque drôle, je ne peux m'empêcher d'en sourire à présent.

J'ai réprouvé aussi la forme, par les mots choisis qui n'étaient pas les tiens, à la dernière ligne près, comme s'il t'avait fallu endosser le costume d'un autre auteur et utiliser des guillemets pour en finir.

Comme si la brutalité des mots cités d'un autre légitimait la tienne. Comme si tu ne pouvais assumer la rupture avec les tiens propres. Comme si celle qui les lisait n'en était plus digne. Ainsi la gifle serait plus cinglante encore. Il fallait faire mal, si j'ose dire faire mouche, nous y revoilà. Et même si j'ai senti le dépit qui devait animer cette entreprise, je n'ai pas pu m'empêcher de trouver qu'elle ne se limitait pas seulement à nier, mais encore qu'elle salissait définitivement ce *nous* si flamboyant qui avait existé. Je sais d'avance que tu justifierais ce choix des armes parce que tu avais jugé tout aussi inacceptables auparavant mes propos qui t'avaient profondément blessé. Mais si j'avais intentionnellement tu alors tout l'enchaînement de déconvenues qui m'y avait conduite, c'était précisément pour tenter d'éviter la spirale des rancœurs et déceptions que chaque protagoniste ne manque pas de brandir dans chaque camp en telle situation. Pour éviter de nous faire plus de mal encore. Et tout a échoué. Parce qu'il n'y avait pas d'autre issue sans doute. Risibles amours aurait pu être le titre de ton message sarcastique. Je songe au *Mépris*. Pitoyables amours. Pauvres de nous, pauvre nous. *Miserere nobis*. C'était bien la peine de caracoler dans nos steppes en faisant les malins. Même le choix du silence est vain, et pourtant rester tête haute au lieu de foncer tête baissée, ça aurait eu une autre gueule. Quand on se quitte, on devrait se dire merci, un lumineux merci qui effacerait toute idée de reproche, toute tentation d'injure. Ou écouter en boucle et en silence le *Miserere nostri, domine* du *Te Deum* de Lully, comme je le fais aujourd'hui.

Parfois le hasard fait bien les choses. Mais était-ce un hasard, un acte manqué ? Ton courrier électronique a rapidement disparu de mes écrans radars, sans que j'aie le moins du monde cherché à le supprimer. Un jour où je voulais le relire, m'assurer qu'il n'était pas une construction de mon esprit, il est resté tout simplement introuvable y compris dans la corbeille, comme volatilisé dans les limbes du web. Finalement, les *ostraca,* ces fragments de céramique ou coquilles d'huîtres par lesquels on prononçait à Athènes le bannissement de citoyens hors de la ville antique, les frappant ainsi d'ostracisme, avaient plus de réalité : on trouve même encore ces merveilles archéologiques rescapées du temps lors de fouilles et dans les musées. Mais plus trace de ton ultime sentence numérique ; une fois ton ostracisme lancé, il est presque aussitôt devenu invisible, comme s'il n'avait jamais existé, ou comme si c'était moi qui l'avais imaginé. Persistant malgré tout dans ma mémoire, mais avec des contours flous. Un fantôme de message.

Dans ce silence abyssal, on entendrait les mouches voler. Et c'est précisément ce qui survient en ce 2 novembre, jour des Morts. Et je te lis, plus vivant que jamais, même si atteint (comme moi, comme tout un chacun) par le lent travail du temps, c'est lisible – et pas risible – entre tes lignes, même si tes mots patiemment égrenés au fil des secondes saccadées des aiguilles du cadran sont dérisoires pattes de mouches tracées dans l'immensité. Inutiles et magnifiques signes de vie, délicats dessins pointillés fondus au noir, bouteille à la mer lancée à toute *FIN* utile, dans l'espoir fou que quelqu'un – mais qui ? pas moi, quand même ! – vienne la ramasser et surtout la conserver comme une trace précieuse de ta vie, dans la grande bibliothèque où tous les livres importants sont rassemblés. Et je suis touchée de reconnaître dans ces mots l'humour, le désespoir altier. Loin, loin, très loin, tu es vivant… et à nouveau ton écriture vivante en moi, pour moi, aussi tangible et émouvante que les ombres soufflées des mains au pochoir de Lascaux venues de la nuit des temps jusqu'à nous. Fragiles et telluriques.

C'est peu de chose, mais ce n'est pas rien. À cette heure avancée de la nuit, j'ai envie de continuer à chercher, je pourrais trouver d'autres textes encore, on ne sait jamais ; je poursuis quelques instants mes investigations arachnéennes et ne tarde pas à tomber sur un autre réservoir de mots que tu as ouvert sur la toile. Quasiment vide, mais accompagné de cette photo de toi, et je sursaute en la revoyant. Tu n'as pas hésité à la choisir, comme une illustration de ce que tu es, la donner à voir à d'autres, parce qu'elle te représente. Elle est là, accessible à tous. Ton regard fixe l'objectif avec acuité, gravité, et bonté aussi je crois. Ton visage, un paysage façonné par le temps, presque buriné, avec ses contours arrondis et ses angles aigus, ses lignes et ses chemins de vie. L'esquisse d'un sourire qui dit pourtant autre chose encore, entre certitude et doute, comme une interrogation, un désespoir, que dissimulent une joie intérieure, une énergie, une volonté farouche.

Personne d'autre que nous ne connaît le secret de cette photo, qui dit encore bien plus au-delà du portrait magnifique.

Ce jour-là nous marchons dans la lumière d'octobre, au hasard dans la campagne paisible, presque un paysage de bocage. Les formes sont arrondies, accueillantes, les forêts bordent les prairies, l'automne est comme suspendu malgré la fraîcheur de l'air dans l'intensité bleue du ciel, la douceur ambiante contraste avec la rudesse des cailloux du chemin. Nous marchons en silence, je te regarde dans cette lumière, et je sais d'instinct que toutes les photos prises à ce moment-là capteront la rareté de ces instants, l'éclat incomparable du jour, la densité de l'air, le reflet sur ton visage du soleil éclatant, et que je dois les faire.

Ce sentiment d'un moment rare, privilégié où le sujet de la photographie est en adéquation complète avec son environnement, je l'ai souvent éprouvé avec mes enfants, et je l'éprouve encore aujourd'hui. Ils me regardent (et me regardaient déjà quand ils étaient petits, me voyant prise de ce désir de fixer ces instants) avec une sorte de résignation amusée, parfois un peu courroucée si ma salve de photos n'intervient pas au bon moment pour eux, alors que pour moi c'est une question de secondes, mais se prêtent tout de même volontiers au jeu. Sans doute parce qu'ils savent qu'une chose essentielle se joue dans mon regard aimant posé sur eux.

Ce jour-là je me souviens, c'était un peu différent, ce n'était pas une question de secondes, il n'y avait pas d'urgence, de précipitation. Le temps était véritablement suspendu, peut-être comme il ne l'avait jamais été et ne le serait jamais plus pour nous. Et j'avais pris de nombreuses photos au fil de l'après-midi, toujours dans cette lumière éclatante, dans la sérénité de cette vibration si particulière de l'air autour de nous. Et l'image que je regarde aujourd'hui à quelques années de là me dit l'intensité de mon regard sur toi, et en miroir l'intensité de ton regard sur moi te regardant, elle me dit ton consentement devant mon objectif, la force de la confiance qui nous lie, qui nous liait alors.

Nous sommes les seuls à savoir ce que cette image dit de nous, l'amour incroyable, comme arraché avec les dents, l'impossibilité qui ne le lâche pas d'une semelle, l'émerveillement et la douleur. Il y a quelque chose de sauvage et doux dans ton expression. Je me souviens aussi des clichés que tu avais pris de moi pendant cette promenade, je ne sais plus où ils sont maintenant, j'avais la même expression. Nous étions comme frère et sœur cheyennes perdus dans la campagne d'automne…

Peut-être cette photo fixe-t-elle le point le plus haut de l'histoire. Après un moment de marche, le chemin était devenu étroit sentier escarpé – des images (en noir et blanc cette fois) de *Peter Ibbetson* se bousculent dans ma mémoire tandis que j'écris ces lignes – la montée plus abrupte longeait un précipice sur notre droite, nous nous étions aperçus que nous avancions sur un chemin de croix qui nous conduisait pas à pas au sommet d'un piton rocheux. Une petite statue de la Vierge avait été déposée dans un creux de la pierre. La chapelle à ciel ouvert de ce pèlerinage local était protégée par une vieille grille rouillée, c'est du moins ce qui subsiste dans mon souvenir. Nous étions restés un moment dans une sorte de recueillement. Nous avions lu et déchiffré les inscriptions gravées en latin sur des plaques (de pierre ? de métal émaillé ? Je ne sais plus…) accrochées sur le rocher vertical dans lequel des dizaines d'autres niches protégeaient des veilleuses éteintes dans leurs petits bougeoirs de Bakélite rouge.

Je sais qu'alors tu m'avais parlé ; quelque chose de très important s'était dit, comme une parole oraculaire, sacralisée par le lieu. Quelque chose d'essentiel que mon inconscient s'était ironiquement empressé d'oublier sur-le-champ ; je le faisais souvent malgré moi quand je ne pouvais littéralement pas entendre ce que tu voulais me dire.

Avant de redescendre, nous nous étions assis pour contempler le point de vue, regardant les prairies et les forêts en contrebas, et je crois que tu avais continué à me parler tandis que nos regards se perdaient au lointain. En revivant ce moment par l'écriture, j'ai d'abord pensé : j'aimerais pouvoir lui demander aujourd'hui, si tout contact n'était pas rompu, ce qu'il m'avait dit ce jour-là. Puis à mesure que les mots viennent, je retrouve seule tes paroles prophétiques : tu avais dû me prévenir que nous étions parvenus au sommet, que nous ne pourrions aller plus haut. Malgré le désir que nous en avions, nous étions sans doute arrivés au bout de ce que nous pouvions, il fallait maintenant songer à redescendre et en accepter l'idée. Ce n'était la faute de personne, nous étions simplement aux prises avec le temps, le réel, nous les avions vaillamment affrontés, nous nous étions battus, mais nous ne gagnerions pas. Ce que j'avais dû rejeter alors au point de tout occulter soigneusement. Je me souviens à présent combien j'avais détesté tes paroles. J'avais trouvé que tu récupérais la découverte fortuite de ce chemin de croix pour servir ta démonstration, une idée déjà là, que par un tour de passe-passe tu me servais à cette occasion. Je luttais encore contre l'impossible. Mais je m'étais trompée. J'avais sous-estimé le choc, ou plutôt la révélation qu'avait dû produire en toi cette coïncidence. Reste le mystère des inscriptions en latin, que nous avions essayé de traduire et qui t'avaient suggéré ces pensées. Plus aucun souvenir de ce qu'elles disaient.

Comment nous étions-nous retrouvés sur ce chemin de croix, quel hasard y avait guidé nos pas ? Était-ce d'ailleurs un hasard ? Au fond, ce que j'avais dû intuitivement juger hors de saison était la confrontation de la Passion vécue à sa commémoration. L'insoutenable simultanéité des deux. Comme s'il fallait enterrer immédiatement ce qui était pourtant si vivant encore. Et sans espérance de Résurrection. Mais n'était-ce pas précisément l'esprit même du pèlerinage que de revivre aussi intensément la Passion et la souffrance vécues par Jésus ? Qu'avaient été les quatorze stations de notre chemin de croix ? Nous avions dû en brûler ou en effacer les étapes. Dans mon souvenir, c'est une statue de la Vierge qui se trouvait à la dernière station, la quinzième donc, qui a parfois été ajoutée aux autres, celle qui prend la forme de l'Espérance. Mais ne l'ai-je pas imaginée parce que je la désirais ? C'était peut-être simplement, comme c'est souvent le cas, la figure du Christ crucifié qui s'était dressée devant nous. Terminus à la quatorzième station. Tout le monde descend. Et sans l'option d'une renaissance miraculeuse. Après ça, oui, nous ne pouvions que redescendre, la dégringolade était amorcée.

Jamais, en me décidant à t'écrire, je n'aurais pensé revenir sur ce chemin de croix oublié, ou plutôt éclipsé de ma mémoire, le revivre par l'écriture ; par elle peut-être suis-je en train de le refaire symboliquement, d'en reconstituer, recomposer des étapes à demi effacées, rallumer avec les mots les petites veilleuses éteintes par le vent, mais *Dieu merci*, avec la souffrance en moins, sans ce couple infernal qu'elle forme avec la passion, l'étymologie de la deuxième renvoyant en boucle à la première. Mais ce qui m'appartient à présent, cela pourrait bien s'appeler l'Espérance, une espérance à l'état pur, absolument sans objet.

Je ne savais pas du tout, non, ce qui m'attendait quand j'ai ouvert la page blanche pour t'écrire sur mon écran d'ordinateur, ni précisément pourquoi je devais le faire. J'en ai éprouvé la nécessité pour la première fois depuis plus d'un an, depuis ce message sidérant.

Bref, je reviens à cette image de toi qui est bien plus que ton portrait. Que tu as osé montrer. J'écris *oser* sans jugement de valeur aucun. Ce n'est pas *comment as-tu pu oser ?* C'est le constat d'une forme d'aplomb, de défi silencieux. Et tranquille, parce qu'illisible de tout autre que toi ou moi. Et j'en ai ressenti à la fois de la reconnaissance – un vestige de ce qui avait été existait encore par-delà la grande rupture – et de la tristesse que quelque chose d'aussi secret de nous, même invisible, soit exposé aux regards, même aveugles. Le temps a passé. Autrefois, j'aurais été peinée de l'invisibilité même à laquelle j'étais soumise, inhérente à l'impossibilité par toi d'abord érigée en loi, puis en légende, pour en adoucir le tranchant.

Je ne vais pas plus loin ce soir-là. L'heure est déjà trop avancée. J'éteins mon portable et je m'endors sur cette image.

Vers le matin, je fais un rêve dont il ne me reste que quelques bribes. Nous marchons en silence comme nous l'avons fait si souvent, d'un même pas. Tu portes une veste noire de velours côtelé. Je te sens embarrassé, réticent à m'adresser le moindre mot. Je me penche vers toi et te dis à l'oreille *je t'aime tant*. C'est tout. Je me réveille aussitôt tandis que le jour pointe. Et les mots figés depuis des mois remontent à la surface. À la faveur de cette coïncidence étonnante des mouches, mais aussi de la photographie resurgie, partie soudainement émergée de notre iceberg, l'inconscient a commencé son travail d'assemblage de quelques morceaux du puzzle. Et au réveil, ce déclic, je vais prendre le relais – je t'écris déjà en pensée – je suis devant cette évidence de t'écrire, déposer des mots sur ce qui a eu lieu, de revenir sur les tiens. Sortir du silence, de la crucifixion de ces mots qui m'avaient, oui, cloué le bec.

Pour être tout à fait honnête, j'ai pensé pendant tous ces mois, ces années où je t'aurai fichu une paix royale, que le silence était en tout état de cause – quand bien même tu ne me l'aurais pas imposé – la seule réponse possible à ce que tu m'avais écrit. J'étais bien trop indignée pour imaginer te répondre. Le moment me semblait arrivé où je ne pouvais alors que t'opposer le mépris, au sens stoïcien – ou camusien – du terme. *Il n'est pas de destin qui ne se surmonte par le mépris*. Mais il faut croire que le rôle de Sisyphe n'était pas fait pour moi et j'ai fini par jeter aux ronces l'énorme pierre de silence. Sans trop de difficulté finalement. Elle ne pesait pas des tonnes. Beaucoup plus légère que je ne le croyais. C'est au fil de l'écriture retrouvée que je mesure l'état de sidération dans lequel m'avait plongé ce message. Ce que je croyais être un silence assumé était d'une autre nature, en réalité une sorte de trauma, comme on dit.

Dans un grand calme aujourd'hui, je retrouve l'usage de la parole après sa glaciation, comme on fait jouer lentement chaque articulation et muscle d'un bras, d'une main, des doigts encore engourdis et un peu vaporeux après des semaines d'emprisonnement dans un plâtre. Quand la fracture commence à se consolider. Drôle de sensation tout de même, il faut aller très doucement.

J'écris mais au-delà de l'écriture, je revis. Ce n'étaient pas seulement tes mots qui étaient restés gelés. J'ai vécu au ralenti, dans une sorte d'hibernation. J'ai dû encaisser, nier et anesthésier aussitôt la douleur qu'ils avaient produite. L'isoler de moi. Cela ne m'a pas empêchée d'être présente à ce que je vivais par ailleurs, d'éprouver des sentiments, des sensations, des émotions. Mais je m'étais coupée d'une partie de moi que je retrouve avec étonnement et bonheur. J'écoute de la musique comme je ne l'avais pas fait avec cette intensité depuis longtemps, je retrouve une joie, une légèreté, une pulsion de vie oubliées. Je recommence à faire des projets, savoure l'instant. Je cueille le jour.

Peut-être est-ce cela que l'on appelle avoir fait son deuil ? Enfin ce sont les mots qui me délient, ouvrent la prison intérieure. Ce n'est pas le silence qui m'aura aidée à traverser le miroir.

Pourtant, je t'écris en sachant que tu ne liras probablement jamais cette lettre. À mesure que j'avance, je ne sais d'ailleurs même pas si je te l'enverrai. Je n'ai pas oublié ta dernière phrase – sans guillemets celle-là – presque en forme d'épitaphe sur le tombeau de nos sentiments… *mais dans la réalité, plus jamais.* Et même si ce plus jamais était précédé des quelques mots de consolation… *En moi pour l'éternité* dont je te sais gré (mais il fallait bien une once de baume apaisant pour faire passer la violence de ce qui avait précédé et l'ultime couperet), je te connais trop bien pour savoir que tu n'as pas employé ces deux mots à la légère avant le point final. Donc, si d'aventure tu voyais atterrir mon message dans ta boîte de réception, d'un clic tu aurais tôt fait de le balayer sans l'ouvrir. Hors de ta vue. Et cela n'a finalement plus aucune importance. C'est peut-être même préférable, pour notre sérénité.

Je ne savais pas qu'en t'écrivant je me réconcilierais presque avec toi, je croyais même régler définitivement un compte en le faisant, et en réalité, ce n'est pas exactement ce qui se produit. Je ne dis pas qu'en creusant un peu, il n'y ait plus le moindre ressentiment. De sérieux motifs subsistent, ne seront pas effacés. Mais quelque chose se dénoue et remet les choses à leur place.

Alors, si tu ne lis jamais ces lignes dont tu es pourtant le destinataire, j'imagine un lecteur ou une lectrice extérieurs à l'histoire qui tomberaient sur ces pages égarées, un jour, demain ou dans mille ans, lorsque viendrait le temps de remettre les pendules à l'heure.

Qu'en penseraient-ils ou comprendraient-ils ? Quel sens donneraient-ils au mot *impossibilité ?* Un amour impossible, ou rendu tel, tout le monde le sait : ce sont des circonstances extérieures ou intérieures qui le déterminent. Un obstacle est là, sous une forme ou une autre. Cela peut-être une ascèse, une religion, un sacerdoce, une vie ailleurs, essentielle, que l'on ne remettra jamais en question, que l'on protège, une passion secrète, – vice ou vertu – incompatibles avec cette histoire-là, une idéologie, une appartenance, que sais-je encore. On peut parfois contourner l'obstacle, prendre quelques libertés avec lui, tenter de le mettre entre parenthèses, mais cela ne dure qu'un temps. On ne transige pas avec un totem.

Se demanderaient-ils encore ce que je pouvais bien t'avoir dit pour que tu signes aussi radicalement le dernier acte de l'histoire ? Que peut dire une femme à un homme pour le blesser à ce point ? Qu'elle ne l'aime plus peut-être… Ou que l'impossibilité érigée en principe a eu raison de son énergie. Ou que la flamme délaissée, privée d'air, s'est peu à peu étouffée faute de petit bois crépitant au vent pour lui redonner vie. Ou qu'elle avait perdu le sens de leurs rencontres si rares, désormais réduites à une peau de chagrin, ou encore qu'un autre homme avait trouvé le chemin de son cœur. Qui sait ce qu'une lectrice ou un lecteur découvrant ces hiéroglyphes numériques pourraient alors imaginer ?

J'écris un peu au hasard. Les pensées, les sensations vont plus vite que les mots. Je dis gauchement ma liberté nouvelle, bien que je l'éprouve avec intensité. Je m'étonne d'avoir traversé le mur invisible, *les barricades mystérieuses* dressées depuis si longtemps, selon une architecture et une cartographie complexes, comme autant de remparts pour enserrer l'histoire, le secret déposé au fond du labyrinthe. Parce qu'il faut bien le dire, l'injonction de silence intimée par ton point final parachevait superbement l'ouvrage entrepris quelques années auparavant.

Nous n'aurons pas dérogé à la règle. Les frontières, c'est fait pour ça : protéger et séparer à la fois. C'est beau, les frontières, avec leurs tracés en pointillé, leurs chemins incroyables à travers les montagnes ou le long des fleuves, pourquoi passent-elles ici et pas là, pourquoi ces lignes sinueuses ou à grands coups de serpe ces lignes brisées ? Personne n'y peut rien comprendre à part ceux qui ont fait l'histoire, leur histoire. Sur la carte, on peut définir le trajet à faire pour quitter ce territoire, entrer dans un autre. Très facile sur le papier, un jeu d'enfant, on peut tracer au crayon l'itinéraire et hop, en quelques secondes, on y est. Dans la réalité c'est différent, il y a des barrières, des obstacles imprévus, parfois des murs infranchissables et des fils barbelés. On peut aussi être persuadé d'avoir atteint l'autre territoire, alors que l'on est resté des mois entiers sur place à tourner en rond. Mais il arrive qu'un jour, on ne sait comment, on se rende compte que l'on vient de franchir les frontières sans même s'en être aperçu.

Donc au fond j'ai eu de la chance. Ce n'était pas gagné parce que je m'étais mal géolocalisée, je pense. Je me croyais ici et j'étais encore là-bas. Et surtout, je m'étais trompée de moyen de transport. En silence (et contre toute attente), je n'étais arrivée nulle part.

Ce n'était pas gagné non plus parce qu'il s'agissait d'un double enfermement. Le premier était par nature, une nécessité, la condition *sine qua non* de notre fragile existence. Tout était parfaitement circonscrit, je l'avais su et accepté d'emblée, n'y revenons pas, cela prendrait encore dix ans. Le second tenait aux conditions de la rupture ; la porte que tu m'avais claquée au nez était fermée à double tour, et tu en avais jeté les clés.

Finalement, j'en sors, je m'en sors, et grâce à toi en plus, aux clés retrouvées dans ce texte au hasard de la nuit.

Je reviens au choix de silence. J'aurais dû me rappeler qu'il ne m'avait jamais trop réussi. J'ai grandi dans un secret d'État pendant les vingt premières années de ma vie ; en tout cas il en avait l'importance et tous les garde-fous. Je veux dire, un secret de famille, très très bien gardé par mes parents. Enfin, je ne sais pas si on peut appeler cela un secret de famille, dans la mesure où finalement, j'étais la seule à être tenue au secret. C'est à moi que l'on cachait cette vérité, pour des raisons qui me demeurent obscures. Tout le monde savait, sauf moi. Mon père savait – et pour cause – qu'il avait abandonné une femme qui attendait un enfant. Ma mère savait que mon père avait quitté pour elle cette femme et cet enfant à venir. Les frères et sœurs de mes parents, mon frère caché et sa mère le savaient aussi, bien sûr. Mais pour moi, ils avaient consciencieusement tu l'affaire. On avait jugé bon de soustraire son existence de ma vue, de me voler ce lien. Même si ce n'était qu'un dégât collatéral au regard de ce que lui, mon frère caché, avait dû traverser, il m'avait fallu grandir dans leur silence coupable, en sentir confusément l'épaisseur sans pour autant y comprendre quoi que ce soit. Je n'ai aucun souvenir des circonstances du dévoilement de cette vérité – mémoire en panne, récalcitrante, comme si mon inconscient avait voulu jeter à son tour une couverture sombre sur ce point lumineux pour l'étouffer, laisser l'élément perturbateur dans la même obscurité que tout ce qui l'avait précédé – aucun souvenir, donc, sinon qu'il intervenait, comme souvent dans ce genre de situation, par effraction et *par hasard*.

J'ai simplement en mémoire le choc de sa découverte. Malgré la stupeur de la révélation, le passage du mutisme de mes parents à une parole, même entravée par le sentiment de culpabilité à évoquer ce frère enseveli dans leur silence, m'avait, pour ne rien te cacher, soulagée du poids de ces vingt ans de non-dit. Ce jour-là, j'ai dû pour la première fois passer la frontière du pays d'enfance, des barricades mystérieuses où le silence était roi, le laissant derrière moi grâce aux mots enfin prononcés qui me libéraient sans doute d'une angoisse d'autant plus sourde qu'elle m'était restée absolument illisible jusque-là. Et même s'ils restaient souvent rugueux et récalcitrants, ces mots-cailloux, à double tranchant, avec leurs arêtes aiguës déchirant la langue ou les doigts au fond des poches, s'ils donnaient lieu à des paroles encore gelées ou des récits taillés dans la pierre, ils étaient là, j'en gardais toujours une provision avec moi pour m'arracher à ce pays de l'enfance et arriver en terre inconnue. Tu le sais, je n'ai jamais su voyager léger.

Forte de cette expérience fondatrice, et pour me libérer de ta présence *et* de ton absence, je n'aurais pas dû oublier que malgré l'adage, le silence d'or pouvait bien se transformer en plomb, en somme tout le contraire du *lapis philosophorum* des rêves alchimistes.

Tout était resté comme pétrifié, entre parenthèses, jusqu'à la découverte de ces lignes sur ton journal de bord, qui avaient agi et continuaient à agir lentement comme un révélateur. Ce n'est pas moi qui le dis. Regarde, c'est dans le dictionnaire :

> **RÉVÉLATEUR :** solution employée en photographie, qui rend visible l'image latente. C'est au moment du développement que l'image latente va être amplifiée. Le film est plongé dans une solution réductrice basique, dans le noir total, pendant une durée déterminée selon le film [...] Les sels d'argent sont réduits par le révélateur qui va transformer l'image négative. *Un silence révélateur.*

Faire émerger l'image latente et l'amplifier, transformer l'image négative, c'est déjà un grand pas, et tu m'y as aidée malgré toi.

Les mots, j'en retrouve l'usage, oui, mais d'une plume un peu convalescente, comme rescapée peut-être de toutes celles qui ont été perdues. Je sors du labyrinthe où tu m'avais laissée, de la chambre noire, la caverne où j'ai griffonné en pensée des signes illisibles pendant des mois, des années. J'avance un peu éblouie, étonnée par la lumière, mais le plus difficile est fait.

Que je te dise, tout de même.

Il y a bien longtemps, plus de dix ans, je pense, je t'avais écrit que mon chemin serait de solitude ; j'y avais consenti avec une sorte de joie secrète. J'avais accueilli cette solitude si intensément habitée de ta présence, j'en avais besoin, tu n'avais nullement à t'en sentir responsable ou même coupable, comme c'était parfois le cas. Cela tenait aussi à cette foi invraisemblable que j'avais en toi, en ce *nous* diaphane et pourtant si fort, même dans l'absence.

Cela tenait encore, sans aucun doute, à la manière même dont j'avais structuré mon existence dès l'enfance, dans l'absolu de ma relation à ce père inconditionnellement adoré. Ce système était là bien avant toi.

D'ailleurs, si une preuve en était nécessaire, elle se trouve dans cette magnifique dédicace, à la première page d'un exemplaire des *Lettres portugaises* que m'avait offert autrefois un ami très proche, rencontré un an auparavant sur les bancs de la fac de lettres. À cette époque il avait été à la fois fasciné, amusé et consterné de me voir sombrer dans les affres d'une passion aussi vaine que chimérique. Nous étions très liés par une amitié sincère, et il se tenait aux premières loges pour mesurer l'étendue du désastre. Nous avions une vingtaine d'années. Le livre se trouve toujours sur les étagères de ma bibliothèque. C'est un Classique Garnier de 1962 – du temps où la couverture du Garnier jaune était encore amovible et protégeait un beau livre broché – qu'il avait dû chiner chez un bouquiniste lyonnais. De son écriture qu'il qualifiait lui-même d'hirsute, il avait griffonné ces lignes à l'encre rouge sur la page de garde :

Si vous êtes vraiment Else, sortez, je vous en conjure,
du couvent de vos sentiments.

Relisant ces mots après tant d'années, je mesure quel cadeau il m'avait fait alors. Au-delà du trait d'humour que représentait son geste dont nous avions d'ailleurs beaucoup ri, c'était brillant, terriblement lucide et d'une grande générosité. Il m'offrait par cette injonction une sorte de viatique pour l'existence que j'aurais dû garder à l'esprit sans jamais m'en départir. Et je n'en ai rien fait, naturellement. Bien au contraire. Si j'avais suivi son sage précepte au lieu d'en prendre le contrepied, j'aurais vécu une tout autre vie. À l'inverse, j'avais brandi fièrement ces *Lettres de la religieuse portugaise* aux côtés de *La Princesse de Clèves* d'ailleurs, ou de *La Duchesse de Langeais, La Lettre écarlate* et bien d'autres encore, comme les étendards de mon appartenance à une lignée de femmes amoureuses *donc* malheureuses, tout à la fois comblées et brisées par des amours impossibles, qui se retranchaient du monde et trouvaient finalement parfois la quiétude dans la solitude d'un couvent. Enfin, si je ne les ai brandis que symboliquement, ils ont occupé au fil des ans une place de choix dans mes livres de chevet. Je les ai lus et relus avec obstination comme des manifestes intimes, de véritables professions de foi qui ont guidé mon existence – fatal contresens – alors même que j'aurais dû les tenir pour ce qu'ils étaient, ces chefs-d'œuvre de la littérature, d'extraordinaires fictions, mais des exemples emblématiques de ce qu'il fallait fuir absolument dans la réalité ! Ce n'était pourtant pas faute d'avoir lu les mises en garde des grands auteurs eux-mêmes sur les désordres des passions qu'ils peignaient et pris note des vertus morales et cathartiques qu'ils entendaient ainsi donner à leurs romans. Risible aveuglement. J'aurai mis plus de quarante ans à comprendre les mots édifiants de mon ami. Mais il faut croire que l'on n'échappe pas à son destin ; il était peut-être écrit que la démesure de mon attachement au père me tiendrait des décennies hors de portée de leur sens. À l'évidence, j'étais Else, mais une Else restée hermétique à la puissante injonction de liberté que contenaient ces mots. Je m'étais au contraire tenue consciencieusement ma vie entière dans le couvent de mes sentiments, et même agrippée à ses grilles de peur d'en être arrachée par l'opération du Saint-Esprit. Ironie du sort, et j'en ris volontiers moi-même tant la situation est *farce*, pour parler comme dans les romans du XIXe siècle, c'est au moment où j'en sors que cela ne peut plus servir à grand-chose à présent, à mon âge. Mais au lieu de m'en lamenter, je trouve cela vraiment drôle, et pourtant, je ne suis sous l'emprise d'aucun euphorisant, je le jure.

Donc, chemin de solitude. J'y reviens, et pour cause, puisque je suis encore sur ce chemin, ce dont tu aurais pu douter lorsque je t'avais dit ce que tu ne voulais pas entendre, et même si je sors de la servitude volontaire. Tu avais peut-être imaginé l'ombre d'une autre histoire derrière mes mots. Et je dois t'avouer, pour être tout à fait sincère, qu'en effet une ombre de cette sorte planait et m'avait aidée à te dire ce que j'avais sur le cœur. L'invention d'un autre amour possible m'a poussée à te parler pour m'éloigner de toi. J'y ai même cru, juste le temps de mes mots irréparables et de leur onde de choc. Je dis l'invention d'un amour, oui, c'était cela. Un de ces amours forcément vains dont j'ai toujours eu le secret. J'avais construit cette éventualité de toutes pièces, en prenant soin qu'elle ne puisse jamais exister. Tous les ingrédients d'un ratage retentissant étaient réunis, sans que je le sache encore, sans que j'accepte de les regarder en face. L'inconscient fait bien les choses. J'avais fabriqué un fantôme, j'avais dû faire exister ce leurre pour en finir avec l'idée de te retrouver à intervalles de plus en plus espacés, que l'éloignement avait fini par me rendre insensée, presque absurde. J'ai dû songer à me remettre entre les mains de ce fantôme, à entrer dans un récit qui m'affranchirait du nôtre. Mais j'avais conçu une chimère. Rien. Rien ne s'est passé. J'ai ouvert les bras pour étreindre un grand vide, rien d'autre que le souffle du néant, comme un trou d'air redoublant ma solitude, une longue dépression atmosphérique qu'il a bien fallu traverser. Sans doute était-ce une étape nécessaire, une station obligée du chemin de croix vers la sortie. Tout cela était resté non dit, non avenu. Et la solitude intacte.

Il faut que tu le saches pour en finir avec le dépit, et la honte, sans doute, de l'avoir éprouvé, en plus. Donc, chemin de solitude, encore et depuis, soyons fair-play, je te le dis, je t'offre même de bon cœur cette possible revanche : personne n'est venu après toi. Il a bien failli se trouver une autre occasion, pourtant. Et ce n'était pas un fantôme ; je ne l'avais nullement fabriqué de toutes pièces, comme le précédent. Il était bien réel et m'était littéralement tombé dessus en sonnant un jour à ma porte. Des années que nous ne nous étions revus. Nous nous étions connus dans l'adolescence, c'est te dire, retrouvés trente ans après, puis un grand blanc de plusieurs années et il resurgissait. Nous avons passé des moments d'amitié à converser, cuisiner, arpenter les chemins. Il est revenu quelque temps après cette première visite. Sa présence m'était douce, je ne peux le nier, et sa gentillesse touchante. Elles comblaient un vide. J'ai pensé que ce serait peut-être possible, qu'il fallait, comme on le dit aux élèves consciencieux, *persévérer,* et c'est ce que j'ai fait. J'hésitais, sur le fil. Ce n'était pas de sa faute, mais j'ai compris soudain – au dernier moment – que nous ne parlerions jamais la même langue. Il a suffi d'une seconde, d'une situation, d'un mot, pour que tout devienne insurmontable et que je mesure ce gouffre amer, l'étendue de ton absence.

La lectrice, le lecteur extérieurs à l'histoire – les revoilà – qui parcourraient un jour ces lignes pourraient penser… *Mais de quoi se plaint-elle, puisqu'il est clair maintenant qu'elle a délibérément créé les conditions de la rupture ? Qu'attendait-elle d'autre alors ? Pourquoi s'étonne-elle qu'il l'ait consommée – certes un peu brutalement – si la première, elle s'était aventurée à prononcer des paroles définitives ?* Même si ces mots leur demeuraient obscurs, les hypothétiques lecteurs essaieraient d'approcher le rébus.

C'est d'ailleurs peut-être le sens, l'enjeu même de toute lecture que de tenter d'habiter les silences et les vides d'une histoire dont on nous laisse (ou pas) les clés, qui nous est par définition étrangère, comme on séjournerait un temps dans la maison d'un autre. Les lecteurs ne seraient ni plus ni moins que des coucous, ou des oiseaux de passage, migrateurs au long cours en quête d'un abri de fortune, plus ou moins confortablement installés dans ce nid abandonné – l'auteur quitte son texte après l'avoir écrit, s'envole ailleurs, confiant (ou pas) à d'autres le soin de le faire exister – qu'ils parviendraient à investir et dans lequel ils se retrouveraient parfois un peu, beaucoup, passionnément ou pas du tout. Donc, ils seraient tombés là, au hasard de leurs pérégrinations, un peu désorientés, passant le nid au crible de leur bec et de leurs yeux perçants, humant la paille, analysant les interstices, jaugeant la qualité de l'ouvrage, du tressage, au besoin tentant de le retaper ou l'élargir un peu, d'y apporter quelques aménagements, l'agrémentant par quelques trouvailles, aigrettes vaporeuses, feuilles veloutées, brindilles pour consolider l'ensemble, y apporter leur touche personnelle et s'y sentir, provisoirement ou plus durablement, chez eux.

Oui, à quoi aurait-elle pu s'attendre, vraiment ? Les réflexions d'usage qui coulent de source, quoi, semblent frappées au coin du bon sens. Je sais bien ce que je pourrais objecter à ces visiteurs clandestins, nos doubles aléatoires. Mais je me prends à rêver – puisque le temps a dû faire aussi en toi son travail d'érosion, polissant arêtes et angles vifs – que ce soit toi, surgissant de nulle part, qui te dresses devant eux pour leur répondre :

« Ne lui jetez pas la première pierre, vous approchez un fragment de vérité sans la percevoir dans sa totalité. Vous n'avez pas – vous n'aurez jamais – toutes les parties du puzzle.

Elle avait de solides raisons de penser que ses mots prononcés ne déferaient pas l'histoire, qu'ils ne changeraient rien à ses fondations. Nous possédions tant, dans l'infini de nos territoires minuscules. Rien n'aurait dû nous séparer. Enfin, sur le papier, voilà. Comment nous douter que nous serions à ce point vulnérables ? Nous nous pensions forts encore. Nous n'avons pas vu arriver le coup de vent, la déferlante ; nous en avions sous-estimé la puissance. Nous savions que les conditions climatiques, politiques, structurelles du territoire, de la lande que nous occupions, insensiblement avaient changé. Que nous étions désormais plus exposés et fragiles, pourtant nous n'avons rien vu venir. Et nous avons finalement été balayés aussi vite que nous avions été cueillis au commencement.

Vous savez, cela n'a pas beaucoup d'importance. Disons que nous avons porté ensemble et successivement ces coups de canif dans la trame, à diverses reprises, avec le même entêtement, la même bêtise. J'en prends ma part. Elle bien sûr, je vous l'accorde, mais moi aussi, avant et depuis bien longtemps déjà. Rappelez-vous, tout en haut du chemin de croix dans la campagne d'automne. Mes paroles oraculaires. Et après, n'en parlons pas. Elle a craqué une allumette, et j'ai tout brûlé, fait table rase. Je le sais, je le sais bien.

Nous avions perçu les accrocs répétés, mais résolu de les ignorer. Tête dans le sable, aussi longtemps que possible. Pauvres de nous. *Miserere nobis.* Nous avons simplement fait comme tout le monde, souffert du même aveuglement ambiant, fonçant dans le maelstrom fou qui s'est emparé des Hommes, pauvres frères et sœurs humains courant vers l'abîme. Non, nous n'avons pas dérogé à la règle. Nous nous y sommes même docilement conformés. Tristes tropismes. À croire que c'était dans l'air vicié du temps, que nous avons été gagnés par sa contagion. Avec une sorte d'application nous avons cassé le gouvernail et commencé à dériver. Nous aurions pu rester longtemps ainsi sur le radeau, sans rames, sans amarres, entre deux eaux, nous savions je crois assez bien le faire. Mais nous sommes entrés dans l'ère des ruptures, nous avons inscrit notre petite catastrophe personnelle dans la grande universelle, nous nous sommes précipités dans l'œil du cyclone, ou du cyclope, comme ce monde qui prend l'eau et craque de toutes parts. »

Je dirais oui c'est vrai, il a raison.

Fragiles rivages. Ruptures de tous côtés, sous toutes latitudes, incendies ravageurs, inextinguibles, dévastant tout en traversant le temps. Terres brûlées, méconnaissables. Qu'avons-nous fait ? Tout est arrivé d'un coup. Ce que nous n'avions pas voulu voir. Pluies diluviennes, tornades, soleils à faire fondre les pierres, inondations dévastatrices, glissements de terrains, tristes tropiques. Je ne sais plus trop, tout se mélange. Ça ne fait rien. Parfois, voilà, vous ne vous y attendez pas. Vous construisez un royaume, un minuscule rocher battu par les vents, ou des villes immenses, magnifiques, c'est selon, avec des avenues rectilignes qui arrivent sur l'océan, et des buildings à toucher le ciel. Rien ne vous est inaccessible, quelle hauteur, le plus haut ? Combien d'étages voulez-vous ? 163, ça vous ira ? Magnifique, vous culminez à 828 m d'altitude. Vous êtes les maîtres du monde, de la multitude ; tout est si bien organisé, sous contrôle, les voies rapides et les lignes de métro sous la terre, les ponts suspendus sur lesquels se ruent des millions d'êtres humains. Et au cœur de ces chassés-croisés incessants, comme si de rien n'était, on peut se promener dans des parcs, poumons de verdure, avec des arbres incroyables, des parterres de fleurs, avec des lacs et des écureuils, pendant qu'un peu plus loin, les bombes explosent sur des enfants affamés, ou que les grandes tortues marines meurent étouffées par des continents de plastique. Mais c'est ailleurs, il ne faut pas y penser. On peut défier les lois de la gravité, creuser des tunnels sous les océans, sous les Alpes, rendre possibles toutes les impossibilités. On fracture la terre et les mers à en provoquer des séismes pour en extraire leurs richesses, on jongle avec les chiffres et les mots, on se ment, on le sait, mais peu importe. Fractures et lignes de faille. Nous sommes entrés dans l'ère de la monstruosité, de la démesure. Perte de repères, d'humanité. Il y a cette ivresse, l'insatiable sentiment de maîtrise, de conquête. Et dans cette ébriété soigneusement entretenue, arrive un jour un premier accroc, disons par exemple sous la forme de deux avions qui percutent deux tours jumelles, et la Terre cesse de tourner. Un silence de cendre. Temps arrêté. *Ground Zero.*

Et me sentant soudain sans voix, tu poursuivrais : « Images au ralenti, on tombe de très très haut. On les regarde en boucle, dans la sidération. On sait que rien ne sera plus comme avant. Enfin on le dit. Et peu à peu on se relève, la vie reprend ses droits. On en oublierait que l'on est sur un ring, que l'on est bien là pour prendre des coups jusqu'aux KO suivants, de Toulouse à Paris en passant par Nice, Londres, Strasbourg ou Madrid, on ne va pas les énumérer, tout le monde les connaît, jusqu'au KO final, on est là pour ça. »

Tous les scénarios sont sur la table, ajouterais-je. Ou alors, un jour vous vous réveillez et votre royaume, votre ville, sont envahis par les eaux. Celle-là ou une autre, on a le choix. *Venezia sommersa,* et les photos surréalistes d'élégantes Japonaises battant en retraite par les rues inondées, de l'eau jusqu'aux cuisses, tentant de sauver leurs sacs en croco de grands couturiers. Ce sont des images qui nous arrivent déjà, après l'obscénité des paquebots de croisière venant littéralement violer la cité bâtie sur les eaux. Baiser Venise. Voilà le projet, pour engraisser les compagnies et pour la jouissance de quelques touristes oisifs, bouffis d'ennui, qui regardent distraitement derrière leurs lunettes de soleil ce rêve devenu décor de carton-pâte, en s'empiffrant à bord depuis la terrasse du restaurant. Ironie du sort ou avertissement de la nature, *Venezia sommersa*... La ville maintenant submergée ou près de l'être.

Ou votre royaume, votre territoire en proie aux flammes. Un continent brûle, tandis que ses habitants essaient d'échapper à la catastrophe. Leurs photographies nous parviennent, mettent sous nos yeux hallucinés l'insoutenable brutalité du réel. L'une d'elles en particulier me hante, m'emplit de larmes silencieuses. Celle d'une foule amassée près du brasier sur une plage d'Australie. Un cheval est là parmi les hommes, femmes et enfants. Un tableau de Brueghel. Comme si le peintre avait eu la vision de cet embrasement à venir par-delà les siècles, fixée ou dupliquée par l'objectif du photographe. Les millions – non, plus d'un milliard ! chiffres terrifiants – d'animaux calcinés, la terreur et le désespoir des quelques survivants, miroirs de notre humanité perdue, héroïques figures de l'innocence sacrifiée. Comment ne pas avoir le cœur brisé devant ces prémices qui nous préparent au pire qui vient, n'en sont que la répétition générale.

Des centaines de villes bientôt rayées de la carte, et des myriades d'îles disparues, c'est vertigineux sur le planisphère, toutes ces zones indiquées à l'encre rouge qui mord cruellement les côtes, les ravage. Et le flot de milliers de réfugiés hagards vient et viendra grossir les rangs de leurs prédécesseurs, de ceux qui ont survécu aux guerres, aux naufrages, aux traites d'esclaves, aux viols et qui vivent hébétés, incrédules d'être parqués là, qu'on leur ait réservé ce sort depuis des mois, des années, dans des tentes de fortune sur les quais, des abris de carton, dans ces camps de déportation nouvelle version – ou détention, rétention, toutes ces nuances subtiles pour nommer-gommer détresse, misère et désespoir – des jungles où l'on croise des enfants perdus, des bidonvilles non loin des beaux quartiers où des gens bien habillés regardent en famille les vitrines de Noël, les bijoux, les beaux vêtements si confortables et si chauds pour l'hiver avant de rentrer bien à l'abri chez eux. En sécurité, comme ils le croient. Oui, ce sont des clichés, n'est-ce pas, mais ce sont ces clichés-là qui nous sont donnés à voir. Il paraît que quand ils repèrent des migrants dans la neige cherchant à gagner la France par les Alpes italiennes, les policiers leur prennent leurs chaussures, pour les dissuader d'avancer. Et ils en font autant sur les quais de Seine, ils jettent leurs couvertures, lacèrent leurs tentes pour les contraindre à s'en aller. Il paraît que lorsqu'un canot en détresse est signalé aux autorités, d'un côté et de l'autre de la Manche, elles se renvoient la responsabilité d'intervenir. Jusqu'à ce que l'embarcation coule et que ses infortunés passagers soient engloutis dans les eaux glacées.

C'est ainsi que cela se passe déjà et que cela continuera, vous le savez très bien. Nous sommes entrés dans l'ère pré-apocalyptique.

Et comme pour conclure ma tirade, tu lancerais : « Aussi, de grâce, les coucous, que le nid vous plaise ou non, ne venez pas donner des leçons d'harmonie à ces deux oiseaux-là. Ils ont fait ce qu'ils ont pu dans le contexte ambiant, dans la cacophonie générale, vous comprenez ? Comment vouliez-vous qu'ils y échappent ? Que leur rupture anecdotique ne se dilue pas dans la Grande Rupture partout à l'œuvre ? Que les ponts ne s'effondrent pas, ne se coupent pas ? Les ponts sont faits pour être coupés, les barrages et les digues pour se rompre. C'est loi de Nature que de reprendre ses droits, surtout quand les humains les ont bafoués si gravement. Et nous, pauvres fétus dans le grand tourbillon, nous avons résisté, tenté de nous accrocher à tout ce qui pouvait nous empêcher d'être emportés, de disparaître, jusqu'au jour où.

Nous ne pesions rien, dans notre microcosme. Nous étions des captifs, des vagabonds, les derniers des Mohicans, ou des orangs-outans poussés hors de leur territoire, de leurs retranchements, ou d'une ethnie inuite disparue. Les forêts brûlent, la banquise brûle. Nous pensions avoir plus d'une corde à nos arcs d'Indiens mais nous avons été soufflés. Nous parlions une langue rare aujourd'hui éteinte. Nos voix se sont tues définitivement, et cela n'a pas grande importance. Ce n'est pas moi qui l'ai inventé. Demandez aux ethnologues, aux linguistes, aux artistes. Toute culture, toute expérience marginales se diluent dans les cultures et les langues dominantes. Ils vous le confirmeront. Les langues disparaissent encore plus vite que les espèces vivantes. Extinction massive, dont le seul signe tangible est le silence. Un silence de plomb. Le gommage systématique de toutes les singularités, de toutes les survivances, de toutes les tentations, tentatives, inventions d'être ou de vivre autrement. Nous entrons dans le temps des catastrophes.

Alors bon, vous voyez, laissez vos conseils à l'entrée du nid, ça va. »

Tu pourrais avoir dit cela. Peut-être l'as-tu vraiment fait. T'emparer de la parole, me la prendre des mains, puis me la relancer, et rompre un temps le silence avant de t'évaporer en coulisses, juste le temps de t'adresser aux coucous dubitatifs, lecteurs pourquoi pas reconvertis en précaires spectateurs médusés de la scène. Ne jamais sous-estimer le potentiel d'adaptation et de métamorphose des lecteurs. Ou des coucous. Mais en l'occurrence, nous ne dialoguerons plus ainsi. C'est moi qui l'ai dit, qui ai de toutes pièces imaginé chacun de tes mots, qui t'ai prêté chacun des miens pour ce rôle et t'ai mis en scène. Parce que toi tu te tais, tu t'es tu et comme chacun sait à présent, c'est pour toujours. Plus jamais tu ne t'adresseras à moi, ne piperas mot. Mais comme dans les jeux d'enfance, « on dit que tu l'aurais fait ». Et que je t'en serais reconnaissante. Restons sur ce postulat.

En attendant, j'écris et il se passe de drôles de choses. Tout communique, fait sens. J'évoque le microcosme, les inévitables disparitions de toutes les survivances, résistances fragiles auxquelles il n'est pas totalement absurde de nous assimiler. J'ose ce parallèle, notre rupture comme un épiphénomène de toutes les ruptures environnantes, de ce qui craque, fout le camp autour de nous. Et chemin faisant, à la radio j'entends parler cette artiste plasticienne et photographe qui a créé une œuvre incroyable, avec ce titre magnifique. Je découvre cela à ce moment précis, pas il y a six mois, pas la semaine dernière. Maintenant, aujourd'hui. Quel écho. Écoute ce titre, cette caisse de résonance : *Last Whispers – Oratorio for Vanishing Voices Collapsing Universes and a Falling Tree.*

Je triche : Nos derniers chuchotements. Oratorio pour nos voix disparaissant, l'effondrement des univers et un arbre qui tombe.

Tout fait signe. Nous aurions dû nous en douter, être plus vigilants. *Collapsing universes.* Le pouvoir de déflagration de ces mots qui font trembler et résonner ceux de Greta, l'enfant prophétesse, de ses paroles désormais historiques, la ligne mélodique de sa voix presque brisée en les prononçant dans un souffle : *« How dare you…? Entiere ecosystems are collapsing, we are on the beginning of a mass extinction… »* Cassandre si jeune, si clairvoyante déjà, portant de son sixième sens le poids du monde, investie – par quels dieux ? – pour lancer ce message ontologique, moquée, jugée sorcière et coupable de nous annoncer l'apocalypse qui vient. En d'autres temps, elle aurait été de celles qui finissent sur un bûcher après un simulacre de procès en sorcellerie, donnée en pâture aux regards haineux et aux cris de la *vox populi,* qu'il faut bien divertir de temps à autre pour la détourner de l'essentiel. Quelle énergie pour dénoncer, donner l'alerte, et affronter en plus la cruauté, les sarcasmes de ceux qui la scrutent impitoyablement, guettent le faux pas, de tous les fourvoyés sûrs de leur vérité et de leur bon droit, mais qui ne riront plus très longtemps à présent. La vibration de sa voix, son grain si particulier, ses mots comme des flèches sont venus se ficher dans la caisse claire de nos consciences et y restent gravés, imprimés à jamais. Ce son, ces images captés feront date, comme un signal d'alarme strident que l'on aura voulu étouffer pour notre plus grand malheur, ou comme un cri qui aura contribué à sauver l'humanité. Si ces quelques minutes enregistrées pouvaient être sauvées du cataclysme qui attend le monde… Quel témoignage, si elles traversaient le temps et résonnaient encore quelque part, à la surface de la Terre, dans des milliers d'années, comme une trace très ancienne, un précieux signe de vie miraculeusement sauvé du néant.

Donc, nous avons été soufflés. Notre Zone à Défendre, après des mois, des années de résistance ingénieuse, inventive… pulvérisée, rayée de la carte. Pas un pli, les deux oiseaux. Pourtant, nous aurions dû apprendre à lire les signaux de fumée.

Quel étrange concours de circonstances, tout de même. Sais-tu où nous étions, où nous avions atterri un jour de fin octobre, il y a cinq ans ? Cela ne s'invente pas. Gaillac, une petite ville du Sud-Ouest, tout ce qu'il y a de plus tranquille, entourée de vignes et de forêts, où il fait bon vivre. Nous devions nous y retrouver pour deux jours. Nous avions bricolé cette rencontre, cette effraction dans nos calendriers. En quelques heures, tout a basculé. J'étais allée faire un tour dans le centre-ville en t'attendant, et je me suis trouvée dans une commune bouclée par ce qu'il est convenu d'appeler *les forces de l'ordre*. En état de siège. J'ai eu peur ; je n'ai rien compris. J'ai cru que l'on traquait des terroristes. Je n'étais pas au courant pour le barrage de Sivens, je ne savais pas qu'à quelques kilomètres de là, des centaines de gens pacifiques et joyeux occupaient depuis des mois une ZAD pour empêcher la construction d'un barrage, pour défendre un territoire naturel encore protégé de la folie des hommes. Je ne savais pas qu'un gendarme, quelques heures auparavant, avait tué un jeune botaniste de 21 ans en lui tirant une grenade offensive dans le dos. Nous ne l'avons pas su tout de suite. Je n'oublierai pas ces scènes dans les rues de Gaillac assiégée par les flics. Cadenassées. Je n'oublierai pas ces deux garçons aux dreadlocks et pantalons trop grands, entourés de policiers mitraillette au poing, sommés de déposer le contenu de leur voiture sur le trottoir, et d'y vider tous les sacs qui s'y trouvaient. Leurs duvets, des couvertures, une guitare, des pulls, du matériel de camping, une bouteille de lait, des pommes, des mp3 éparpillés dans la rue. La lenteur de leurs gestes, leur incrédulité, leur tristesse, leur docilité, leur silence. La douceur de leurs regards sous ceux des passants en arrêt devant la scène. Je m'étais demandé pourquoi on infligeait une telle humiliation à des jeunes aussi manifestement inoffensifs et tranquilles. Pourquoi cette intimidation gratuite, cette démonstration de force. Avec le recul, la connaissance du drame, cela peut sembler encore plus incompréhensible. Mais un policier venait de tuer un des leurs, et il fallait inverser la dialectique, transformer les victimes en coupables. C'est toute la logique de la répression d'État. Nous n'en étions encore qu'au début ; nous l'apprenons chaque jour un peu plus.

Le lendemain je repartais seule vers l'Atlantique. Pour un rêve de forêts, de dunes, de grands espaces ouverts sur l'infini, pour suivre les routes rectilignes vers l'ouest jusqu'au point où elles s'arrêtent au bord de l'océan. Qu'importait la distance, je ne voulais pas rentrer sans avoir retrouvé sa majestueuse quiétude, tenté de m'y fondre un moment. En sortant de la ville au petit matin, je n'avais pu faire quelques pas en forêt pour promener ma chère compagne à quatre pattes, si tendre présence sur le chemin de solitude. Tous les accès étaient bloqués. Partout des policiers montaient la garde dans la brume, toujours mitraillette au poing, devant des dizaines de barrières métalliques alignées le long de la départementale. Silence des médias. La veille, j'avais cherché en vain sur internet une information sur ce qui se passait. Nous avions simplement appris des habitants interrogés la manifestation, le rassemblement sur la ZAD pour lutter contre le barrage. Je n'ai su que le soir quelle tragédie venait de se jouer. La voiture longeait ces barricades désormais familières bordant une fois de plus la route qui me séparait de toi et me barraient l'accès à la forêt, comme pour m'obliger sans alternative à encaisser, avec le retour au réel, ton absence à nouveau et pour longtemps, me contraindre à quitter les lieux sur-le-champ. Notre zone à défendre une nouvelle fois réduite à un point, une poussière sur la carte. Il faut dire que la lourdeur de l'atmosphère, la menace qui planait avec ces hommes en armes et uniformes facilitaient la tâche, non sans laisser tout de même un goût très amer à cet étrange départ. Il fallait vraiment s'arracher de là, se projeter vite ailleurs dans un autre espace, une autre temporalité.

Je devais tout de même m'arrêter quelques instants pour faire trotter ma passagère avant la longue route, elle n'avait pas manqué de me le rappeler. J'ai fait comme souvent (enfin je ne sais pas si cela t'arrive aussi) quand on roule le long d'une route inconnue et que l'on cherche un endroit pour faire une halte, on se dit là, ce sera bien, je vais me garer un peu plus loin. Et puis on se rend compte que cela ne convient pas, que l'on trouvera mieux, et ça peut continuer ainsi pendant des kilomètres. C'est ce que j'ai fait, et avisant aux abords d'une petite ville un chemin bordé d'arbres et d'espaces verts, en désespoir de cause j'ai fini par m'arrêter. Nous avons sauté toutes les deux de la voiture et emprunté à pied et pattes cette allée immobile aux couleurs d'automne, aux feuilles rouges et ocre jonchant l'herbe tendre. La tristesse de ce lieu plus que paisible était patente ; je l'avais d'abord mise sur le compte de la mienne, et il a fallu quelques minutes pour que je me rende compte avec stupeur que je me dirigeais vers une maison funéraire. Comment avais-je pu occulter ce qui pourtant sautait aux yeux ? C'était invraisemblable et j'en étais glacée. J'avais quand même encore fait quelques pas pour ne pas avoir à m'arrêter un peu plus loin, que cette promenade ressemble à quelque chose d'acceptable pour la principale intéressée, et surtout pour braver ma frayeur de m'être retrouvée là sans y penser.

Il m'a fallu ensuite plusieurs heures de lutte avec mes démons superstitieux pour parvenir à mettre à bonne distance le souvenir de cette bévue dans laquelle j'avais vu un signe funèbre. Le soir, à l'annonce de la mort de ce jeune homme sur le site de Sivens, j'avais tenté de relire cet épisode erratique de mon itinéraire comme la prise en compte par mon inconscient du drame que j'ignorais encore mais que j'avais dû pressentir. C'était le début d'une interprétation. Mais il y en avait d'autres en moi qui se livraient bataille, et il fallait les écarter sans relâche.

Aujourd'hui, recomposant ce périple par l'écriture, je fais une autre lecture que j'étais loin d'avoir perçue aussi clairement il y a cinq ans. (*Lorsque cinq ans seront passés,* avait écrit Federico Garcia Llorca. Cette ponctuation temporelle a toujours fait sens dans ma vie, depuis que j'avais joué à vingt ans dans cette pièce, au Théâtre Universitaire de Lyon, au T.U, comme nous l'appelions). Parfois, on ne peut s'empêcher de penser qu'il n'y a pas de hasard. Il n'y a que des nécessités. Quelque chose s'élucide en revenant là, sur les lieux du crime, par le chemin des mots. Je devais revenir sur mes pas.

Je me retrouve donc sans l'avoir voulu à ce point-là du chemin de croix. À ce point de croix. À cette croisée du chemin. Rassure-toi, je n'en referai pas toutes les stations. Mais celle-là compte tellement dans le labyrinthe vers la sortie, et le sais-tu ? C'est seulement aujourd'hui que je le vois. Il s'est joué dans ce voyage quelque chose que je qualifierais de crucial, si je ne craignais d'en rajouter ! J'ose quand même, et ce n'est pas fini. Toi tu te rappelles peut-être pourquoi. Les coucous comprendront un peu plus tard, s'ils n'abandonnent pas la partie ou le nid d'ici là. Un virage à droite, un virage à gauche, sortir enfin de l'écheveau des départementales, essayer dans le même temps de calmer les battements désordonnés du cœur à nouveau livré à lui-même. Sur la route du renoncement, il fallait les tomber, ces kilomètres-là. Je ne serai pas longue, mais je vais t'expliquer pourquoi.

Quitter la lande pour les Landes. Quitter pêle-mêle ville retranchée, ballet de fantômes, bar à vin chaleureux, rues quadrillées, la Verrière – verres, hier… la saveur du vin blanc au goût d'ardoise – ou c'était peut-être la Verrerie… mais Rêverie, oui, à coup sûr, Philip Glass et Arvo Pärt, fuir joie profonde, alignement des barrières de métal gris, allée funèbre. Ne pas se retourner. Escadrons de gendarmerie sentinelles de nos consciences, forêt sombre de bambous, nuit blanche de la Zone à Défendre non loin de l'étang, et toujours douceur et sa sœur douleur, les jumelles main dans la main. Quitter. Rejoindre l'autoroute peu à peu bordée de pins qui défilent à vive allure, comme les grands panneaux bleus en lettres blanches indiquant Toulouse, Montauban, Agen, Bordeaux, Arcachon, Bayonne, et, faisant miroiter l'Espagne après la frontière, San Sebastian, Bilbao... Quitter, fuir, partir, arriver. J'ai voulu m'accorder ce détour, cette folie, dans le soleil du matin d'automne. Revoir l'océan, le respirer, comme un antidote à l'arythmie. Longer son immensité, m'y sentir minuscule et protégée. Un autre pas vers l'oubli. Puis j'ai pris une petite route entre les grandes forêts de pins. Un peu au hasard, j'ai suivi les panneaux indiquant des villages que j'avais repérés près de la mer sur l'atlas routier. Mais je me suis égarée et je suis arrivée au bout d'une piste bordant un étang, dans un petit port étrangement désert, invisible sur la carte, comme s'il avait échappé aux relevés. Un lieu qui semblait hors du monde et du temps et dont je percevais le fort pouvoir d'attraction. Avec un long canal, des pontons, de vieux bateaux de bois, un alignement de cabanes de pêcheurs aux couleurs vives. J'en ai photographié quelques unes, avec leurs pots de géraniums aux fenêtres, leurs minuscules terrasses de planches bordées d'hortensias, comme pour en garder une trace, m'assurer plus tard que je n'avais pas rêvé. Je me suis dit qu'il aurait fait bon vivre là quelques jours. Mais j'étais attendue sur le chemin du retour, dans un village retiré à l'intérieur des terres que je devais rejoindre avant le soir. J'ai tourné le dos à la parenthèse ensoleillée pour tracer ma route.

J'ai laissé derrière moi les lignes droites des Landes pour reprendre peu à peu le labyrinthe des départementales et mettre le cap sur ma prochaine étape avant les Cévennes. Le temps, les heures n'ont pas compté. Parfois, cela arrive. C'est un peu inquiétant quand on en prend conscience ; on a roulé sans y penser, dans une sorte d'absence à soi-même, de dédoublement, et on s'aperçoit avec étonnement que l'on est presque arrivé à destination. Je suis les caprices du GPS dans un dédale de petites rues, maisons avec jardinets, fleurs et chats qui se chauffent au pâle soleil d'automne. Quartier tranquille, voiture facilement garée. On déambule au hasard des rues pour dégourdir pattes et jambes. Puis je sonne à la porte de bois peint soigneusement close sur la rue. Une plaque de cuivre y indique sobrement :

Monastère du Carmel

Une petite chapelle protégée par des grilles (mais pas à ciel ouvert, celle-ci) prolonge le bâtiment. Je suis attendue et chaleureusement accueillie, nous, en réalité, quatre-pattes incluse, d'ailleurs très polie, trottinant discrète, avec le plus grand sérieux, informée par mes soins pendant le trajet du caractère exceptionnel du passe-droit qu'on lui accordait, et faisant en conséquence tout son possible pour s'en montrer digne.

Arriver là, enfin. Y trouver refuge pour deux jours. C'est une telle chance que cette porte s'ouvre pour moi qui le mérite si peu, si étrangère à toute idée de religion, hormis celle de rendre quotidiennement grâce à la Nature et à la Création, une chance qu'elle se referme un temps sur le monde. Je respire. En quelques minutes, le cœur se remet à battre plus lentement, retrouve le calme après ses ruades répétées pendant plus de trois heures de trajet. Le couvent des sentiments cède la place aux murs bien réels du Carmel. La vraie clôture abolit les barricades mystérieuses.

Ici les mots sont rares ; ils brillent dans le silence. Le jour est comme filtré par l'épaisseur des murs et les ouvertures modestes, mais la lumière resplendit dans la pénombre. Les bruits du dehors sont inexistants ou parviennent feutrés, inoffensifs.

Tu sais déjà combien les moments passés entre ces murs m'ont été précieux. Je te l'avais dit à mon retour, t'en avais souvent parlé. Je pourrais te raconter en détail ma rencontre avec la sœur tourière, sa bonté, sa simplicité. Les moniales ont à cœur de recevoir le plus égaré, le plus démuni des visiteurs comme elles accueilleraient Jésus lui-même.

Je pourrais te dire ce sentiment de paix éprouvé dans la chapelle où j'avais été conviée à écouter les vêpres chantées par un chœur de carmélites, leurs voix évanescentes, désincarnées puisqu'elles se tenaient invisibles derrière les grilles de la crypte, près de l'autel, à l'abri des regards de celles et ceux de l'extérieur venus assister à l'office. De l'étonnante acuité qui me faisait distinguer entre toutes la voix angélique et familière de Maria-Anna. Puis de mes entrevues avec elle derrière l'imposante grille du parloir, de toutes les paroles échangées pendant ces deux jours à diverses reprises. Entrevues, oui, parce qu'il est étrange de fixer un visage morcelé par le quadrillage des barreaux. Entrevues morcelées aussi parce que la vie des carmélites est réglée par les temps de prières, d'oraisons, de travail, même si la prieure avait accordé quelque liberté exceptionnelle à Maria-Anna parce que je venais de loin pour la voir. Oui, je venais de très loin, en effet, du fond d'un étrange labyrinthe, peut-être l'avait-elle perçu, dans sa clairvoyance.

Je pourrais aussi te parler de cette conversation avec une autre religieuse que Maria-Anna avait tenu à me présenter. Elle m'avait raconté sa vocation, comment elle avait été attirée – je me souviens précisément de ses mots – par la radicalité de ce désert.

Je pourrais te dire tant d'autres choses encore sur la douceur de ce refuge, ce nid dans lequel je m'étais tenue bien blottie pendant deux jours et deux nuits. Du temps suspendu et surtout retrouvé, de la sérénité bienfaitrice de cette respiration. De l'évidence de ce désert-là, choisi et habité par ces femmes de tous âges, de la clôture qu'elles chérissent. De Maria-Anna, s'excusant avec sa douce intransigeance d'interrompre quelques instants notre dialogue sur la Vérité, parce qu'elle ne voulait pas laisser passer l'heure de l'Adoration. Se levant aussi légère qu'un oiseau pour se prosterner au sol devant moi le temps de sa prière, si fragile dans cette immense pièce austère, sa robe de bure étalée par terre autour d'elle, et se relevant ensuite avec le plus grand naturel, revenant s'asseoir devant la grille, si près, si loin de moi. Presque intouchable. Hors de portée des manifestations de tendresse, d'un affectueux baiser. Même les cadeaux que l'on apporte ne doivent pas être personnels et ne peuvent être remis directement entre les mains de la sœur. J'avais donc déposé les œufs de mes poules et les gâteaux au chocolat préparés pour toute la communauté du Carmel dans le grand tiroir de bois ciré qui communique sur un petit rail entre les deux espaces du parloir. Et seuls les doigts peuvent se serrer entre les croisillons de la grille au moment des adieux.

Avec le plus grand naturel, oui, reprenant avec moi la conversation interrompue.

Te dire la lumière de son visage. Le don de cette lumière si on a la chance de la voir, parce que l'austérité ne semble là que pour faire rayonner le bonheur de la foi. Et le plus étonnant peut-être pour qui ne l'a jamais entendue et qui relève de l'indicible, la vibration d'une voix plus céleste qu'humaine. De cette voix qui a fait par amour le choix essentiel du silence, qui ne le traverse plus que quelques minutes par jour en dehors des moments de prière. De cette vie vouée au chemin de solitude. D'une solitude, d'un désert qui agissent aussi comme le révélateur de l'image latente, et de l'intensité de son éclat.

La première fois que j'avais rendu visite à Maria-Anna, j'avais été étreinte par une angoisse à mesure que j'approchais du monastère. La crainte d'être submergée jusqu'au vertige par l'émotion à l'idée de la voir derrière une grille, en habit de carmélite alors que je l'avais connue hors des murs du couvent… Quelque chose comme la peur du vide, d'une confrontation, une épreuve de vérité. De ne pas soutenir la vue de son sacrifice, sa dimension existentielle, métaphysique. Peut-être aussi la peur du miroir que tendrait devant moi son enfermement. Mais ces craintes s'étaient évanouies par sa seule présence à l'instant où je l'avais retrouvée, devant l'évidence de sa place – je pourrais même dire de sa liberté – entre ces murs, devant la densité de sa solitude. J'étais bouleversée bien sûr, comment ne pas l'être ? Cependant la peur de la peur s'était enfuie, je ressentais seulement une grande émotion devant son être resplendissant, et pour elle une immense tendresse mêlée d'un profond respect. Et si un miroir était tendu devant moi, c'était sans doute pour me faire constater la vérité et l'absolu de son choix face à la fragilité et la contingence des miens, me renvoyer à un essentiel dépouillé de tous ses oripeaux, comme un os blanchi par le temps brille sous le faisceau d'une lampe dans la nuit d'une caverne. Pas moyen d'y échapper. Devant la force, la radicalité d'un tel engagement, non, pas moyen de tricher, jouer, se faire du cinéma. On arrive du dehors, du relatif, et on se trouve brusquement là ; c'est comme une révélation. On fait face à cela au Carmel. À la concrétisation de l'abstraction pure. On est devant une représentation de l'absolu. Ici on ne joue pas avec les mots définitivement, amour, éternité. On ne relativise rien.

Mais pour autant rien n'a volé en éclats ce jour-là, rien ne s'est lézardé non plus. Le travail d'érosion était au dehors, le deuil de *nous* déjà à l'œuvre depuis longtemps, j'étais à bonne école avec toi ; pourtant j'avais laissé l'ombre de mes doutes à la porte du couvent. Il fallait que je m'y repose un temps, que j'y reprenne des forces, à l'abri, avant de poursuivre l'itinéraire tracé à l'avance.

Au Carmel, j'étais venue voir celle que tout à la fois j'étais et ne serais jamais. Peut-être aussi étais-je venue dire adieu à la tentation du sacrifice, ou me confronter à ce qu'il avait non pas d'inhumain, mais de surhumain. Bien le mesurer. Regarder derrière les grilles ces femmes aimantes que sont les carmélites, « petites mariées du Christ » comme elles le disent parfois, dans la lignée de Sainte Thérèse d'Avila, leur Mère à toutes, réformatrice du Carmel et grande mystique, se consumant d'amour divin jusqu'à l'extase. Amoureuses impénitentes d'un éternel absent ou d'un absent Éternel ancré à jamais dans leur cœur et leur âme, mais dans leur corps aussi, pourtant désincarné, – ou momifié ?... si tu vois ce que je veux dire – purifié et offert en sacrifice pour l'Amour de Lui. Regarder en face cette vérité-là. Regarder dans les yeux la Princesse de Clèves, la Duchesse de Langeais et les autres, leurs retraites lyophilisées hors du monde, l'effacement jusqu'à la presque disparition de leur enveloppe charnelle, ces héroïnes poignantes passées avec le plus grand naturel du couvent de leurs sentiments à la vie monacale, retrouvant la paix entre ces quatre murs qui les coupaient des errances, souffrances et désordres de leurs passions terrestres, les en tenaient hors d'atteinte, hors d'attente surtout, les vouant à l'absolu d'un Amour de pure spiritualité.

Te dire encore ce qu'est ici le silence, bien au-delà d'une règle imposée : l'objet d'un consentement profond. On ne peut contraindre personne au silence, ou bien c'est grande violence si on le fait.

Il a bien fallu repartir. Mais le voyage était encore long, et je ne voulais ni du tracé rectiligne de l'autoroute, ni passer à côté de vrais paysages, des villages. J'avais choisi d'emprunter les petites routes pour rejoindre mes amis dans un hameau du Gard.

Et reprendre ce chemin, c'était continuer à quitter, rompre. Affronter la distance, l'écart toujours plus grand, la dérive des continents, creuser le fossé. Je le sentais déjà mais ne le savais pas encore vraiment. C'est maintenant que je me vois alors au volant de ma voiture, quittant le ciel bleu pour plonger dans des nappes de brouillard, sentant leur froid humide me gagner malgré la soufflerie du chauffage, grignotant quelques biscuits et mandarines au volant, ne m'arrêtant que pour nos promenades bien méritées. Quitter à nouveau, renoncer, faire le deuil de l'igloo et des feux de camp sur la banquise, des nids suspendus dans les arbres, des cabanes lacustres et des bivouacs établis de loin en loin au pays des jours sans fin, des pirogues silencieuses sur la moire des eaux de pleine lune. Des habits, lances et chants lapons ou indiens. Des caribous sous les aurores boréales s'évanouissant dans le grand blanc en faisant voler la neige sous leurs sabots légers, des canots furtifs glissant dans la nuit.

Voilà pourquoi le cœur reprenait sa cavalcade, et je mettais son rythme effréné sur le compte de la fatigue, du changement de saison, de circonstances extérieures plus ou moins obscures, sans faire intelligiblement le lien avec la rupture à l'œuvre déjà inscrite depuis si longtemps dans la légende. Programmée, dans le fond. Je l'écoutais battre parfois en posant mes doigts sur mon cou, conduisant d'une main, inquiète de ce tumulte, espérant en vain une accalmie, un miracle, regrettant le Carmel où il s'était tenu si sage et mesuré, sans comprendre pourquoi il s'emballait de plus belle. Nouvelle traversée du désert. À la tombée de la nuit j'étais arrivée à destination, mais les derniers kilomètres de gorges où mon GPS fou m'avait aiguillée s'étaient avérés interminables. Dans le brouillard toujours, sur la route étroite et sinueuse taillée dans la roche, avec un précipice sans parapet de l'autre côté, j'avais peut-être accompli l'étape la plus difficile du chemin de croix.

Après deux jours sous l'aile protectrice de mes amis, je suis rentrée à la maison. Le retour à la sédentarité n'a pas eu raison des désordres du cœur. J'ai vainement tenté de lutter, de le contraindre au calme par différents moyens, mais de guerre lasse, j'ai fini par le laisser à ses caprices en tentant de ne pas y prêter trop d'attention, comme une mère parfois se résigne devant les débordements d'un enfant turbulent. J'ai essayé de me dissocier de lui, tant bien que mal de faire comme si de rien n'était, le temps qu'il retrouve son équilibre, ou que je me réconcilie avec lui. Et que je m'efforce de composer avec ton absence, tes silences de plus en plus longs.

Fragiles rivages, effritements, fissures invisibles sous nos pas, nous étions sur une ligne de faille, nous le savions mais nos têtes étaient encore dans les sables mouvants. Ton silence donc, entrecoupé d'embellies, c'est vrai, mais aussi parfois de mots meurtriers. Comme l'était autrefois celui de ma mère, l'autre silence avec lequel il avait bien fallu grandir. Un silence-iceberg, incompréhensible parfois. Une toute petite partie lisible et pour le reste, un bloc d'opacité contre lequel je ne cessais de buter. Une connaissance à laquelle j'étais soustraite par ma nature même d'enfant. J'avais beau tambouriner sur les vitres, me casser les ongles pour tenter d'ouvrir la fenêtre, par tous les moyens chercher à capter son attention, rien n'y faisait. Sur les rives de cette mer noire : le silence et le regard de ma mère. J'y lisais seulement une réprobation dont je me sentais confusément la cause. Tentons de résumer : mon père, plus d'une fois, avait dû la chagriner. Et par-dessus le marché, elle devait en quelque sorte cohabiter avec le duo que nous formions comme naturellement lui et moi, depuis toujours. Elle m'aimait pourtant au-delà de ce que je pouvais imaginer, mais il lui avait en quelque sorte ravi cet amour ; alors c'était plus qu'elle n'en pouvait supporter. Entre les choses trop lourdes à dire et un impossible mutisme, que pouvait-elle faire ?

Je pense souvent au silence de Jocaste. On n'en parle pas assez. Elle est là sur scène, interminablement, celle pour qui peu à peu la lumière se fait dans les paroles d'Œdipe aveugle, sourd à l'évidence de ses propres mots. Elle regarde Œdipe, l'écoute et comprend – prend avec elle – cette horreur, tandis qu'il parle et que ses yeux, leurs yeux à tous les deux voient pour quelques minutes encore la lumière du jour. Son silence ourle ses paroles à lui, les révèle. Quand tout se dévoile pour elle, que la vérité lui explose à la figure, tout est accompli. C'est son silence qui écrit en contrepoint la tragédie.

Bref, j'ai longuement bataillé pour composer avec *ton* silence, mais je n'ai pas su y faire face. Il avait bien été question que l'écriture prenne la place de ta voix toujours plus rare, c'est en quelque sorte l'engagement que tu avais pris. Mais peu à peu, je l'avais constaté avec tristesse, les textes que tu m'adressais, s'ils étaient les tiens, s'étaient décentrés de nous, tu écrivais mais *tu ne m'écrivais plus,* tu ne *nous* écrivais plus, et de fait *je ne t'écrivais plus non plus.* Au début de l'histoire, je t'avais fait remarquer la force du double sens de ces mots en apparence si simples *je t'écris, tu m'écris...* J'étais, nous étions je crois, dans l'éblouissement de ce constat que les mots, les pages que nous échangions presque quotidiennement *nous écrivaient,* nous construisaient, nous donnaient corps et vie, étaient la chair de notre histoire. C'est à cela que je faisais allusion au début de ma lettre, ou de mon monologue, soliloque. Alors, passé les premiers instants d'émotion à la découverte impromptue de ton texte, comme autrefois je t'avais dit combien tes mots m'écrivaient, combien tu m'écrivais et me lisais par eux, combien te lire me liait, il faut bien maintenant considérer le pouvoir d'anéantissement de la négation *je ne t'écris pas, tu ne m'écris pas – ou tu ne m'écris plus.* Et je reviens à ce titre sublime dans sa simplicité tragique : *Last Whispers – Oratorio for Vanishing Voices Collapsing Universes and a Falling Tree.*

Au magnifique travail d'anthropologue fait par cette artiste, parce que je ne t'ai pas tout dit. Sais-tu ce qu'elle a fait, ce qu'a été sa recherche du temps, des mots et des idiomes perdus ? Elle a patiemment collecté des archives sonores de ces langues autochtones qui s'éteignent à une vitesse encore plus vertigineuse que celle des espèces, englouties dans le tourbillon de la grande rupture – *collapsing universes* – les traces écrites aussi de certaines d'entre elles, et donne à entendre ces enregistrements fragiles dans son film, ces voix frêles aujourd'hui disparues, aspirées dans le trou noir, le vortex dévastateur qui gouverne l'humanité.

En écho, nos voix évanouies, le dialecte que nous avions inventé, qui nous constituait et par lequel nous nous étions reconnus. Notre langue morte. Tout l'invraisemblable réseau de mots que nous avions tramé, si inextricablement enchevêtré que nous en perdions notre latin parfois à retrouver qui avait écrit quoi, lequel des deux avait commencé ou continué la phrase, le paragraphe, l'écheveau qui était littéralement notre nid d'oiseaux tisserands, le corps de notre refuge. Qu'est-ce qu'on en fait, de cette incroyable conversation entamée il y a 13 ans aujourd'hui et à jamais interrompue ? De ces kilomètres de phrases échangées, de ces heures d'écriture au clavier, chacun au loin derrière son écran pour abolir – ou matérialiser ? – la distance, le temps, les semaines, les mois séparés. Nous étions les inséparables séparés, nous le répétions souvent sans plus savoir qui l'avait dit ou écrit le premier. Pour le moment les milliers de signes sont stockés dans les disques durs de nos ordinateurs, à défaut de hanter notre mémoire. Je suis bien affirmative, me diras-tu. Peut-être les as-tu purement et simplement fait disparaître. En un ou deux clics, vite fait bien fait : *Supprimer*. Mais cela, je ne peux pas trop le croire. Enfin, c'est sans importance, d'ailleurs.

Pour ma part, j'ai gardé tous les dossiers, en vrac certes, mais ils se trouvent encore dans *Mes documents*. Notre patchwork de mots tressés que l'on n'a jamais vraiment songé à coudre ensemble. Les dizaines de petits dossiers éparpillés au hasard des fichiers et des années, comme les sentinelles endormies de l'histoire. Pas la grande avec un grand H, la petite, la nôtre, juste coupée à la hache du silence de tes derniers mots. Et je ne parle pas des centaines de messages de toutes sortes échangés au fil des années. Je parle du labyrinthe éreinté de nos mots inventés, pas de ceux du réel. De ceux de nos cabanes sur pilotis, à l'abri encore en ce temps-là, si bien cachées. Depuis longtemps je n'y ai plus touché, n'y suis plus retournée. Je ne sais pas si cela en vaut la peine, c'est le cas de le dire. Mais ça vaudrait le coup d'aller voir un jour, quand même. De rassembler, d'ouvrir tous les dossiers dans la mémoire de l'ordinateur. Peut-être pas d'aller jusqu'à les lire, mais au moins se livrer à un patient travail d'archéologie, les identifier, les inventorier, étiqueter, pourquoi pas compter les mots, en faire le total comme ça, à partir de chaque fichier, pour voir combien en tout. Ce serait instructif, puisque l'ordinateur n'en oublie pas un seul, sauf à perdre la mémoire et à tout effacer à cause d'une défaillance technique. Je ne suis pas allée jusqu'à sauvegarder son contenu, par négligence ou peut-être par fatalisme.

Au moins on saurait combien il y en a eu en 13 ans, disons en réalité pendant 11 ans, puisque tout s'est tari au fil du temps. Parce que maintenant, nos centaines de pages virtuelles, palimpsestes noircis, sont comme les bandelettes enveloppant soigneusement notre légende momifiée, pour la protéger des mouches, à tout le moins. Pauvres idiots que nous sommes, que nous avons été. *Vanitas vanitatum, omnia vanitas.* Voilà à quoi nos signes cabalistiques auront servi.

Je te mentirais si je te disais qu'en ce 2 novembre, jour des Morts de l'année 2019 où j'avais commencé à t'écrire, je percevais alors cette interrogation-là en lisant ton texte. Et sans doute toi-même n'y auras-tu pas pensé un seul instant en l'écrivant. Mais en te demandant ce qu'il advenait des brouillons, des écrits non publiés de leurs auteurs disparus ou sur le point de, tu posais aussi sans le vouloir la question de ce que deviendraient ces correspondances, cet embrouillamini de tous nos mots en résonance, aujourd'hui tombés dans le néant de notre absence. À croire que nous aurons tous les deux été rattrapés et même surpassés par nos inconscients. Alors tu ne m'en voudras pas d'être conduite à poser autrement ta question, y apporter une petite variante : qu'est-ce qu'on en fait, de l'écheveau ? Les chevaux perdus au labyrinthe du Minotaure ? N'en parlons plus. Veaux, vaches, cochons, couvées. À l'abattoir ou bien...?

Est-ce langue ou lettre morte, définitivement ? Sans doute la solution. La bonne option. Le pot au lait plutôt que le pot aux roses. On fout en l'air. On laisse tout enseveli sous les cendres. Cela n'a vraiment pas beaucoup d'importance, c'est tellement dérisoire. Ou alors il y a une petite voix qui s'élève, à peine audible. Et elle dit que dans le grand cataclysme tout se vaut, toute survivance d'un langage oublié, tout être, si faible et minuscule soit-il, tout rivage fragile, toute pierre friable, tout arbre blessé survivant au désert, tout territoire perdu ou menacé de l'être, méritent d'être protégés, sauvés des eaux, du feu, de l'effondrement, de l'extinction.

Même provisoirement, juste pour tourner le dos au rendement, à l'obsession de productivité, pour aller à l'essentiel, au cœur des choses. Précisément parce que cela ne sert à rien, pour la résonance et la beauté du geste, comme le fait cette artiste en donnant à entendre les enregistrements si fragiles de voix inuites – inuites… pas inutiles, non, même si la frontière est proche, tout l'inverse, de toute première nécessité – ou venues du fond de la forêt amazonienne décimée et sacrifiée, comme ses habitants, les dernières tribus, peuplades indiennes autochtones pourchassées et tirées au fusil comme du gibier, au Brésil, en Colombie ou ailleurs, sur les ordres d'un fou. Leur langue, le wanano, est seulement encore parlée par 1 600 personnes, te rends-tu compte ? Dans les articles sur les langues vernaculaires, il est clairement dit que nombre d'entre elles sont en danger, et que si rien n'est fait pour les protéger, 90% des langues du monde peuvent disparaître dans ce siècle. Écoute bien cela : au Vanuatu le *lemerig,* l'*araki* et l'*olrat* sont parlés par moins de dix personnes ! Et moi qui ne les connaissais pas auparavant, n'avais pas la moindre idée de leur existence, je suis prise d'une grande tristesse devant cette menace, comme si je perdais à mon tour quelque chose de précieux. Un tableau répertorie toutes ces langues au bord de l'oubli. Leurs noms de poésie pure ouvrent des mondes incroyables : *Anejom, Baetora, Baki, Emae, Hiw, Lingarak, Löyöp, Maewo, Maii, Nahavaq, Piamatsina…* (je pourrais toutes les citer) avec leur région et le nombre de locuteurs. Je vois par exemple : *Langue : Aore ; Locuteurs : 0 ; Région Espiritu Santo, Aore,* et j'ai envie de pleurer.

Comment s'appelait notre langue autochtone ? T'en souviens-tu ? Il était beau, aussi, le nom presque palindrome que nous lui donnions.

Provisoirement donc, tenter de les sauver. Après, on verra. Si provisoire, comme espoir, ne ment pas. Et vaut donc mieux que définitivement.

Et je trouve aussi cette définition : « Une langue est dite morte ou éteinte quand il n'existe plus de locuteurs natifs l'utilisant comme outil de communication dans la vie courante sous la forme dite morte. »

Cela veut dire que même si on la croit morte, elle existe encore, tant qu'elle est en état de fonctionner dans certaines situations. Ainsi, lorsque nous avions déchiffré les inscriptions en latin, au sommet du chemin de croix, nous faisions survivre ou revivre cette langue donnée pour morte et seulement éteinte, comme endormie, en sommeil. Et elle peut ressurgir, ressusciter, l'article précise : revenir à la vie. « Un des enjeux des langues mortes ou de la disparition des langues reste leur conservation qui passe par la restitution (de manière durable) de leur contenu linguistique. Pour les langues dont on ne dispose plus d'aucun locuteur vivant, l'analyse des documents anciens et le travail du linguiste peuvent permettre de reconstituer en tout ou partie la langue originale (par exemple, la reconstitution des langues égyptiennes antiques à partir des hiéroglyphes gravés conservés...) »

Même si ces définitions ne concernent pas notre langage, la grammaire que nous nous étions créée sur mesure, il me semble qu'elles répondent aussi partiellement à la question que posait ton texte, non... ?

Alors, nos hiéroglyphes gravés conservés, qu'est-ce qu'on en fait ? Pour une langue dont on dispose encore de deux locuteurs vivants, que décide-t-on ?

Qu'en pensez-vous, les coucous aspirants égyptologues ? Bon, pour le moment, vous avez élu domicile dans ce nid-là, on ne sait d'ailleurs plus très bien pourquoi et comment il s'est construit ni de quelle façon vous y avez atterri. Mais le nid nuptial, si j'ose dire, qui se trouve être aussi le nid funéraire de ces deux crétins momifiés, vous croyez que ça pourrait vous intéresser ? Très franchement, je me le demande. Qui aurait envie de s'installer sous terre, sous des tonnes de rochers, au fond d'une grotte, dans un sarcophage ? Mais de là à le détruire... C'est cela qui est compliqué. Regardez le cairn de Gavrinis... Pourquoi diable suis-je d'ailleurs tombée là-dessus dans mes tribulations sur la toile, alors que je n'y ai jamais mis les pieds ? Déjà il faut le trouver. Et vraiment le faire exprès pour s'y rendre, puisqu'il se trouve sur une toute petite île au fin fond du Morbihan. Vous tapez *Cairn de Gavrinis* puis cliquez sur *Images* et vous allez voir les photos de ce labyrinthe souterrain aux parois gravées d'étonnants arcs et spirales. Vous y allez, donc, en bateau. Vous pourriez rester là des heures à l'orée de ce sanctuaire en accord parfait avec son environnement. Vous découvrez sur cette île minuscule, fondue en elle, une construction de pierres sèches aux formes arrondies recouverte aux deux tiers d'une butte d'herbe tendre. Harmonie de la double image de maternité protectrice, de ces signes de vie et de fécondité pour abriter des sépultures, sous le terre-plein comme un ventre maternel prêt à donner la vie. Au quatrième millénaire avant notre ère, il n'y avait pourtant pas d'architectes, mais sans doute beaucoup de belles âmes. Il faut croire que ces femmes et ces hommes du mégalithique, porteurs d'idées et de foi, étaient capables d'accomplir des miracles et connaissaient intimement la correspondance, le lien étroit entre l'origine du monde et la mort. Au point de représenter leur osmose, inscrivant profondément la mort au cœur même de la vie. Et la vie au cœur de la mort, avec ces gravures pariétales toutes en courbes et vagues concentriques, comme pour évoquer un éternel recommencement et la renaissance infinie par-delà la finitude de tout être. Bon. À l'intérieur, vous savez bien que ce sera autre chose, une fois franchie la porte étroite qui vous oblige à vous courber, comme l'avait fait autrefois Mérimée en pénétrant dans ce mausolée préhistorique. Toujours est-il que vous êtes là, un peu désorientés, regardant par petits groupes autour de vous avec vos lampes frontales, tentant désespérément de maintenir les casques de vos audioguides sur vos oreilles, de sélectionner la langue dans laquelle vous suivrez la visite. Vous arpentez ce dédale, mettons, une heure d'accord, c'est très bouleversant. Mais je ne vous imagine pas rester là plus longtemps, voilà. Je comprends votre perplexité, vous avez bien raison. Il est parfois des questions sans réponse, ou qui ont besoin de rester longtemps en suspens. Alors, la conservation de la conversation ? On verra plus tard. Ou pas.

Mais si je m'adresse à vous que j'interpelle et appelle avec une tendresse un peu taquine les coucous, lecteurs par une effraction dont vous n'êtes de fait pas même les auteurs, vous n'allez pas finir par en prendre ombrage, ou vous froisser, n'est-ce pas ? Disons, pour être plus précise, que vous êtes les passagers de cette frêle embarcation, de ce wagon suspendu, voyageurs invisibles entre ces lignes où vous vous êtes posés somme toute très délicatement, et que j'ai baptisés coucous bien plus pour la musique du mot que pour son sens. Loin de moi l'idée de vous considérer comme des intrus. D'ailleurs tous les oiseaux de cette espèce n'en sont pas. Ceux du Nouveau Monde paraît-il, dont vous êtes certainement, sont tout à fait capables de fabriquer leurs nids sans nuire aucunement à leurs prochains. Et je ne suis pas de celles ou ceux qui considèrent celui qui vient d'ailleurs, l'étranger, le réfugié, le migrant, comme un paria. Nous sommes tous embarqués. Alors si, écrivant, je vous pose une question avec insistance, c'est un peu que je me la pose aussi, n'est-ce pas ? Vous êtes mes semblables et vous existez bien plus que ce grand absent auquel je m'adresse et qui se tait.

Mais je poursuis mon travail d'assemblage de nos lambeaux d'histoire.

Sans rien raccommoder de ce *nous* perdu, sois sans crainte. Ou alors si quelque chose se tissait dans l'écriture, si par hasard elle mettait à jour une trame, crois bien je la déferais aussitôt, non dans l'attente d'un impossible retour, comme la sage Pénélope, sublime et désespérante image de féminité et d'amour inconditionnel, non, ça, c'est vraiment terminé. Mais plutôt comme une Pénélope oublieuse, un peu Alzheimer, qui tournerait à vide, accomplissant et défaisant à l'infini son ouvrage par une sorte d'habitude si profondément ancrée qu'elle ne saurait plus s'arrêter bien qu'elle n'ait plus la moindre idée de la raison pour laquelle elle aurait entrepris, à l'origine, cette tâche sans fin. Oui, parce que si la question du silence est centrale, celle de l'oubli ne l'est pas moins. De ce que l'on choisit de conserver ou jeter. Mais c'est toi qui as ouvert cette boîte de Pandore dans ton texte d'octobre découvert quelques semaines après sa publication. Et interrogé par là même cette notion d'oubli.

Je dois te l'avouer, j'ai résisté. Des semaines me suis interdit de retourner au fond du labyrinthe, d'aller faire un tour dans nos *Correspondances*. Mais il a bien fallu aller voir. Faire une plongée rapide dans les archives, ce qui n'a pas manqué de me laisser quelque temps sans voix, c'était prévisible. Puis revenir à la surface, réaccoutumer mes yeux à la lumière du jour, retrouver l'usage de la parole. Je ne vais pas tout exhumer.

L'intuition se confirme. Il a suffi de prélever quelques échantillons. Très vite, j'ai retrouvé un fragment qui joue ce rôle, me fait encore franchir un cap. Faire ou défaire un lien. Je comprends mieux le voyage du retour après le Carmel, le cœur emballé sur la route des gorges que j'avais prise sans y penser, sentant ses pulsations désordonnées, ce soir-là, à la tombée de la nuit et si souvent, dans les semaines qui ont suivi. Je n'ai pas oublié les moments heureux, je te l'assure. Pourtant je me relis et comprends ce qui m'est depuis longtemps resté sur le cœur, ou en travers de la gorge, tu vois. Je relie. Cela tenait à la situation, d'accord. Et puis au silence que tu avais peu à peu souhaité et instauré après le ravissement et la fête de nos mots si intimement liés. Au silence, patient adjuvant de la distance obligée, posément installé, corollaire entêté du secret, des kilomètres et des mois d'absence. Alors je faisais comme je pouvais pour traverser la radicalité de ce désert que je n'avais pas choisi, à la différence des carmélites. Mais si ce n'était plus possible et que je le disais, ou le laissais entrevoir, c'est là, pour un mot de trop de ma part, même pour rien je crois – parfois quand je m'y attendais le moins – que je me heurtais déjà au tranchant des tiens. J'ai retrouvé ceci :

« *À l'arrivée contre toute attente, en place du bonheur radieux tellement rêvé, quelque chose d'autre comme un clou fiché au plus tendre, dans la douceur de se retrouver, l'impossible revenant à la charge, insistant de toute sa lourdeur au cas où on l'aurait oublié, comme un motif imperceptible d'abord, puis lancinant, vibrant incessamment jusqu'à l'obsession. C'est qu'il avait fallu se concentrer, se pelotonner dans l'absence pour la traverser, se durcir un peu, ou du moins se revêtir d'une sorte de plumage de canard, très lisse et dense, et serré, pour que tout glisse tranquillement jusqu'au retour, lieu de l'espoir, d'un possible enfin, d'un oui solaire, sans nuage. Et lorsqu'en ce jour éclatant de fin d'été parisien le temps pour eux était redevenu un peu plus clément, au moment où le nœud d'attente se défaisait dans la surprise intacte d'un éblouissement toujours recommencé, (comment à la fois si familier et comme au premier jour ?), elle avait distinctement senti l'ombre passer, furtive mais bien là. Comme si tu revenais d'un long voyage, quelque chose peut-être d'une croisade, tu es une sorte de chevalier ou une guerrière qui a traversé tous les dangers, tu sens que tu touches à ton port, tu entres sur tes terres, tu sais que dans quelques instants tu vas retrouver les tiens, et l'air est doux, la lumière flamboie entre les herbes sèches qui crissent au pas de ton cheval, alors tu enlèves ton heaume et tu avances heureuse cheveux au vent, tu défais ta carapace de métal et tu respires à plein poumons tous les parfums mêlés, tu es arrivée, plus que quelques mètres, au tournant se déploiera ton domaine, tu reconnais chaque arbre, chaque détour du chemin, et là, en une fraction de seconde, tu as juste le temps d'entendre le sifflement, trop tard, trop tôt, tu comprends, et la flèche vient se planter dans ton cœur.* »

Quels mots m'avais-tu dits alors, pour qu'un tel séisme se produise ? Qu'est-ce qui venant de moi avait bien pu les provoquer ? Tu vois à quoi servent les dossiers… Au dernier acte de notre pièce, nous n'en étions manifestement pas à notre coup d'essai. C'est à peu près consigné dans les archives de feu nos correspondances, comme autant de balises, de témoins, que des années avant ce jour d'été où j'ai reçu tes mots pour solde de tout compte, ou de tout conte, c'est selon, tout était à l'œuvre et le mot *FIN* déjà lisible. Je ne pouvais l'ignorer mais j'avais écrit ceci pour me protéger :

« *Après le retour à la maison, l'évidence s'était confirmée : elle se trouvait dans un temps d'urgence où les mots n'étaient d'aucun secours, où il lui fallait laisser venir ces signes hérissés, insensés sur la toile, le papier déchiré, qui à nouveau s'imposaient comme une écriture primitive, un cri silencieux, sans voix adressé à celui qu'elle aimait autant qu'un frère, pour lui dire ce qu'il ne pouvait entendre : elle savait aussi décliner à l'infini le secret, il verrait comment elle était capable d'aller dans l'indéchiffrable jusqu'à le devenir et elle sentait monter un flot de mots incohérents, comme des cohortes de guerriers inoffensifs et colorés qui ne demandaient qu'à défiler, simplement défiler, sans rien faire d'autre, comme une incompréhensible force de dissuasion, ou les ombres portées d'une armée traversant le désert.*

Elle avait tenté de lui dire ce qui l'avait atteinte au point qu'elle ait besoin des pacifiques guerriers pour la protéger. Mais entre la pensée pourtant claire, le flot intérieur de mots et leur transcription, un brouillage, ou plutôt un effacement s'était produit. Réduite donc maintenant à une pénible reconstitution, à une sorte de déposition simplement... »

Tu reliras bien encore quelques lignes ?

« *Dans la chambre, elle avance vers le lit pour s'y allonger comme souvent quand il l'appelle, là qu'elle gomme au mieux le reste du monde, trouve une zone d'abstraction qui la laisse seule avec sa voix si près, comme en elle, avance donc, et elle le sent hésiter, un peu en suspens. Il sait pourtant très bien ce qu'il va dire, longtemps auparavant a dû y penser, pour aller droit à l'essentiel. Et brusquement il le dit. En syllabes un peu appuyées, musicales, assez posément martelées et déclamées, il pèse ses mots qui lui tombent au creux de l'oreille, quelque chose comme "tu ne vois pas la poutre qui est dans ton œil, mon Else..." et le reste se perd déjà dans son souvenir, mais le coup est si fort que la suite, en effet, elle n'a pas le temps de l'entendre ; ce qu'il faut de toute urgence, c'est se protéger de ces mots-là ; elle voudrait lui hurler "Attention !", et elle le fait en silence. Lui ne perçoit rien. Cette insistance à désigner un lieu si fragile, c'est comme si... Une peur l'étreint, en une fraction de seconde les images défilent… Alors elle serait aveuglée, aveugle, il l'a dit, et seul le cri silencieux fait écran, tente de barrer la route aux mots meurtriers.*

Le lendemain, les mots semblaient plus doux, la tempête était passée, sagement les eaux se retiraient à l'horizon, laissaient place au sable lisse sur lequel elle avait plaisir à laisser la trace de ses pieds nus, sans se méfier. Elle avait bien imaginé une possible réplique au séisme de la veille, mais ce ne serait rien, voulait-elle espérer, l'épicentre était à l'évidence derrière eux. Puis de très loin elle a senti monter, imperceptiblement d'abord, une sorte de mugissement assourdi, et vu de l'horizon les eaux revenir très vite, bien plus vite qu'on ne les attendait, dans un mouvement inexorable, et il était juste temps de prendre ses jambes à son cou pour ne pas être submergée par la vague d'écume grondante prête à déferler. La vibration de sa voix venait de loin, la phrase sans doute était un peu longue, comme la vague formée en haute mer enfle et se contient pour donner libre cours à son fracas sur le rivage, aux dernières secondes dans un bouillon d'écume magnifique ; vibration contenue, bien plus impressionnante encore de cette maîtrise, et la voix a continué, façonné la phrase jusqu'à son terme, avec la précision saisissante d'une sorte d'oracle... et elle entendait les mots la rattrapant, se dirigeant fondant sur elle dans sa course éperdue... inutile de fuir, ils étaient là !

"Il y a un mot que je veux te faire rentrer dans la gorge...", disais-tu reprenant ton élan, rentrer dans la gorge parce qu'il n'était pas juste, c'est le "tant pis" que tu m'as dit hier. Oui, tu t'en es délivré ainsi, parce qu'il devait te faire mal, mais dans la gorge c'est un lieu fragile aussi, et comment faire maintenant qu'il y est entré, s'il y reste ainsi tout hérissé, ce "tant pis", et de surcroît en travers, dis-moi je t'en supplie comment faire, protège-moi, protège mes yeux (peu importent les causes de ce qui avait provoqué ta sourde colère, je les épargne aux coucous qui en ont vu d'autres, je considère seulement ses effets), *protège ma gorge, mon cœur, de ces mots comme des flèches menaçantes qui pointent leurs cibles.*

Et il est encore d'autres mots qu'elle doit souvent faire rentrer dans sa gorge parce qu'il vaut mieux les taire – ils seraient comme hors sujet à ce moment-là – même s'ils viennent du fond d'elle-même comme une évidence et qu'il faut les étrangler au passage, apprendre à les contenir. Donc là, non, elle ne les dira pas, mais les chuchotera dans la nuit, les écrira sans trêve dans les exercices nocturnes de ses lignes d'écriture insensée. »

Fragiles rivages, tu vois, de longtemps déjà. Cette phrase écrite il y a des années, dans laquelle en toute innocence j'évoquais ce fracas de tes mots sur le rivage. J'aurais tout aussi bien pu écrire : sur mon visage. En pleine figure, tes mots cuisants comme une trace des cinq doigts de la main sur la peau, en avant-première de ton courriel vengeur. L'île submergée par une lame de fond.

Je pourrais exhumer bien d'autres vestiges. Pour comprendre la longue traversée, ses turbulences, et tout le bricolage imaginé pour surnager : mon attirail, ma trousse de secours toujours à portée de main, mes barrages antédiluviens contre le vrai faux Pacifique – dont tu n'étais, à ta décharge, qu'un énième ou ultime avatar – et qu'il m'avait fallu construire de haute lutte bien avant toi. Les fragments relus me renvoient aussi à ton opacité, ton illisibilité fondamentales. Mais de cela, j'ai l'habitude, elles m'ont toujours structurée, je te l'ai dit.

Il n'en demeure pas moins que je ne sais finalement plus qui tu es. Pas plus que je ne saisis comment et pourquoi ces mots qui nous avaient tant liés ont finalement eu raison de nous. Ni au fond ce qu'était ce *nous*. Tu dois sans doute te poser les mêmes questions, s'il t'arrive encore de penser à ce temps et cet amour perdus.

Toujours est-il que je me suis trouvée un jour face à quelqu'un que je ne reconnaissais plus, qui peu à peu me devenait un parfait étranger. Gageons que c'était réciproque. Ironique renversement de situation pour ceux qui avaient posé d'emblée leur gémellité comme une évidence.

Nous étions chez moi ce soir-là, toi occupé à lire, moi à préparer un dîner que j'espérais savoureux, et sans y prendre garde, nous avions échangé quelques mots, sans doute pour commenter une information que nous venions d'entendre à la radio, et nous nous étions aventurés sur ce terrain miné, le sujet qui déchire l'humanité. Étourdiment, – ou sciemment, qui sait, peut-être en étions-nous arrivés à ce point où il fallait nous rencontrer sur un champ de bataille ? – nous étions partis très loin, à des kilomètres de là, au lieu du plus grand conflit, point de combustion de toutes les tensions, de toutes les souffrances et tragédies, de tous les antagonismes et les haines, au berceau des religions où deux communautés se battent pied à pied et meurent pour un territoire sacré aux yeux de chacune d'elles.

Je t'accorde que peu avant le début de cet échange meurtrier j'avais dégoupillé et posé là comme sans y penser ce qui pouvait bien ressembler de loin à une petite grenade. Mais je t'assure avec la même sincérité que ce n'en était pas une. Ou du moins qu'elle serait restée parfaitement inoffensive si elle ne s'était trouvée reliée à un fil invisible dont le détonateur a été par hasard un objet en voie de disparition, s'il en fut, mon transistor. Donc un leurre, une simple provocation.

Ou appelons cela un malentendu. Tout le monde sait depuis Camus – ou Sophocle – jusqu'où cela peut conduire. Et tu as vu rouge ; moi aussi. Nous étions stupéfiés, face à face et dans le même temps comme désenchantés. Méconnaissables. Nos paroles adverses avaient lancé l'assaut avec férocité.

Vous êtes toujours là, les coucous ? Vous vous demandez ce qui avait mis le feu aux poudres ? Vous savez, quand une guerre commence il y a toujours une étincelle qui fait éclater l'incendie. Il faut un prétexte. Notre assassinat de l'archiduc d'Autriche, notre Sarajevo à nous ? Je peux en parler maintenant que j'ai compris avec le recul et le secours d'une petite introspection ironiquement lacanienne comment j'en étais venue à articuler ce mot. Donc la bombe à retardement tenait en deux syllabes. Le souvenir de ce moment me donne une indication temporelle. C'était l'automne, après mon été en Corse ; j'étais en train de te raconter une conversation que j'avais eue avec des gens rencontrés là-bas. Je t'expliquais que le sujet avait roulé sur la politique, nous étions clairement aux antipodes, et ils avaient fait allusion à Soral. Et je t'avais demandé ce que tu pensais de ce personnage, bien peu fréquentable je te l'accorde, dont j'avais seulement entendu parler auparavant pour ses scandaleuses provocations. Bref, j'avais prononcé son nom, assorti de ma question. Tu avais sursauté, ou du moins marqué un fort étonnement, voire une indignation à demi contenue et coupé court. Je n'étais pas en train de dire que j'avais lu sa prose, que je voyais en lui le théoricien iconoclaste que m'avaient peint ces personnes, j'évoquais juste cette conversation estivale qui avait débouché sur le constat avéré d'une incompatibilité idéologique avec eux, point.

Mais j'avais lâché entre nous, avec ces deux syllabes, une sorte d'obscénité irréparable, au beau milieu de notre légende par elles défigurée, comme si subitement étaient sortis de ma bouche les grenouilles et crapauds du conte, en lieu et place des perles et diamants attendus. Tu t'étais replongé dans ton bouquin, j'étais repartie à la confection de mes gnocchis, les mains dans la farine, espérant des instants à venir meilleurs, jusqu'au moment où, à la radio, il avait été question du conflit israélo-palestinien. Et là, je ne sais plus pourquoi ni comment, nous nous étions trouvés projetés en quelques secondes au cœur du brasier, loin, loin, sur la bande de Gaza. Le pétard à mèche s'était déclenché. C'était devenu une évidence, puisque j'avais eu le malheur de prononcer ces deux syllabes, *so-ral*. Si je lançais des cerfs-volants enflammés par-delà la frontière et ses barbelés, prenant fait et cause – comme je l'avais toujours fait, ce n'était pas nouveau, tu connaissais mes positions – pour ce peuple martyrisé depuis plus de soixante-dix ans, si je brandissais devant toi l'étendard de sa patrie dérobée, laissant presque joyeusement éclater ma colère, si je me peinturlurais virtuellement le visage de ses couleurs par chacun des mots que je prononçais, c'était bien sûr que j'étais maintenant *antisémite* ! Le mot avait été lâché. Et peu importait que toi aussi aies soutenu à ta façon ce peuple de Palestine, en allant tromper la mort quelque part au Proche-Orient dans les années 80, peu importait que tu saches profondément que je ne pouvais être celle que tu honnissais et accusais soudain avec une rage et un acharnement effrayants puisque nous étions presque frère et sœur. J'y viens, les coucous. Le maître-mot venu du fond de nos enfances, de nos origines, prononcé dès les premiers jours était : *sororal*.

Vous comprenez ? C'est sur cet adjectif que le lien s'était tissé. Que l'éblouissement s'était produit. Et moi – ou qui sait, mon inconscient perfide ? – j'avais osé en escamoter une syllabe pour cracher ce mot répugnant. Parce que le terme sororal, voyez-vous, depuis un petit moment, ne passait plus, mais alors plus du tout.

Sans doute m'était-il lui aussi resté en travers de la gorge, et après des mois d'absence, d'abstinence de ta voix et tes mots du téléphone, ce terme avait perdu son sens, comme vidé de sa substance. Je n'arrivais plus ni à le concevoir, ni à y croire, ni à en jouer la partition pourtant si bien écrite. Ce n'était cependant pas faute d'avoir essayé. C'est comme si mon inconscient avait rendu son tablier – son sablier… ? – et le tien ne pouvait alors que relever le gant, d'où ce duel insensé, absurde, disproportionné, qui nous avait jetés l'un contre l'autre dans une guerre ô combien fratricide, dans le brasier de nos paroles hérissées. Après nous être déchiquetés un moment, la tempête nous avait rejetés haletants et tremblants sur les rivages de notre territoire dévasté. Le temps était resté un peu suspendu. Il fallait évaluer l'étendue des dégâts, sonder si le point de non-retour était atteint. La nouveauté, c'est qu'au lieu de m'effondrer comme j'aurais pu le faire autrefois, je ne décolérais pas. Je t'en voulais de ce procès injuste. Je t'aurais volontiers raccompagné à la gare si tu me l'avais demandé, et j'ai même failli te le proposer. Tu y avais sans doute songé aussi. Mais nous n'en étions pas à quelques heures près, tu ne manquerais pas ton train de 7 h 28 le lendemain matin. On ne plaisantait pas avec les horaires, je ne t'avais jamais vu louper un train. Nous nous étions jaugés en silence, mesurant nos torts et excès respectifs sans en saisir encore les mobiles. Nous avions dû tacitement établir que l'un et l'autre nous étions allés trop loin et qu'il fallait tenter sinon de passer outre, du moins de voir si quelque chose pouvait encore être sauvé. Nous avions frôlé l'irrémédiable, mais il n'était que partie remise. L'avanie laissait de sévères dommages mais peu à peu, l'épuisement aidant, un calme relatif était revenu, qui n'effaçait cependant pas la consternation partagée devant ce spectacle de désolation.

Mais à partir de là, nous étions cuits. Ce n'était plus qu'une question de temps.

Inutile de vous dire, les coucous, que malgré mes piteux efforts de récupération, mes gnocchis d'habitude plutôt délicieux s'étaient avérés absolument immangeables ! J'avais vraiment rendu mon tablier.

Que diable étions-nous allés faire dans cette galère ? Comment avions-nous pu en arriver là, dégringoler à ce point ? N'ayant pu nous en prendre frontalement au lien sororal, il nous avait fallu subitement exporter le lieu du conflit, le mener métaphoriquement. Tout le monde sait que certains sujets sont explosifs et meurtriers. Et si les deux syllabes évoquées plus haut – je ne me commettrai plus à les écrire – constituaient le prétexte incontournable au déclenchement des hostilités, je n'assimile nullement le drame palestino-israélien à un prétexte. On touche à une question ontologique, qui renvoie chaque conscience à l'essence même de la tragédie. Sans aucune place pour les faux-semblants. Dilemme absolu. Reconductible et lancinant, éternel recommencement.

Nous nous étions affrontés aveuglément. Nous avions joué sans le voir la vieille histoire. Je m'étais dressée fièrement sur ce territoire qui partait en lambeaux ou en fumée. J'essayais en vain de le défendre. La dialectique de la peau de chagrin, je la connaissais si bien ; j'y avais été patiemment initiée. Et puis j'ai toujours épousé les causes perdues, mais tu n'y es pour rien, c'est de longtemps, tu le sais.

J'ai regardé hier en boucle cette courte vidéo qui cartographie la situation passée, présente et à venir, depuis l'orée du vingtième siècle à nos jours, loin sur cette autre rive de la Méditerranée, ce drôle de territoire presque en triangle méthodiquement grignoté, avalé, englouti par la progression des colonies. L'amenuisement, l'asphyxie inexorables d'un peuple dépossédé dans sa geôle à ciel ouvert, réduit, réduit toujours plus à errer sur les décombres de ce qui a été. Les colons israéliens brûlent ou coupent les oliviers centenaires des paysans palestiniens pour les chasser de leurs terres. Fragiles rivages. C'est à en pleurer.

Nous n'étions pas sortis grandis de cette lutte acharnée qui disait notre chaos. Mais sans doute avions-nous à vivre ces instants. Nous aurions pu trouver d'autres chemins. Le jouer un peu plus racinien. Accordons-nous que nous l'avons fait longtemps. Nous avions longtemps su garder l'équilibre, malgré la proximité de l'abîme. Ne pas nous déchirer malgré l'histoire déchirante. Mais là, nous avions littéralement sombré.

On oublie parfois qui était *Bérénice*. Ou du moins qui Racine a voulu qu'elle fût. Je garde en mémoire le souvenir de cet élève, Nassim, quand je l'avais expliqué, puis sa fierté et sa joie à dire et répéter qu'elle était *Reine de Palestine*. Et l'écoute particulière ce jour-là des jeunes de l'atelier théâtre.

Leur engagement, découvrant ce texte, le disant. Comme si ces mots et le statut de l'héroïne, pour tous, réparaient quelque chose, apportaient un autre regard sur la littérature, mais aussi sur eux et le monde.

Hé bien ! Il est donc vrai que Titus m'abandonne ?
Il faut nous séparer. Et c'est lui qui l'ordonne.

Ou encore ceux de Titus :

Mon cœur se gardait bien d'aller dans l'avenir
Chercher ce qui pouvait un jour nous désunir.
Je voulais qu'à mes vœux rien ne fût invincible,
Je n'examinais rien, j'espérais l'impossible.

Leur émotion, découvrant cette histoire d'abandon et de séparation. Puisque *l'impossible,* ce rêve de félicité tant espéré qui avait finalement cédé la place à l'impossibilité de l'amour, parlait à plus d'un titre à leurs cœurs d'adolescents découvrant les premiers bonheurs et leur lot de déceptions, de chagrins inextinguibles de jeunes lycéens de toutes origines, déjà confrontés à ce que la vie charrie de violence et de drames familiaux, sociaux, humains. Et puis, Bérénice, ce n'était pas n'importe qui ! Tout cela arrivait, comme par hasard, à la Reine de Palestine, qui se trouvait être la non-choisie, l'abandonnée par le conquérant de Jérusalem. Finalement le colonisateur. Et cela ajoutait une valeur emblématique à son destin, tout comme son histoire singulière conférait une dimension héroïque à cette terre sacrifiée. Bérénice était la Palestine. Cela leur donnait à réfléchir, à percevoir très concrètement, en puisant dans leur expérience personnelle, *la tristesse majestueuse* revendiquée par Racine pour faire toute la grandeur de la tragédie, et son universalité.

C'est étonnant d'ailleurs, non, ce choix de Racine, tu ne trouves pas ? La vraie Bérénice était une princesse de Judée intrigante. C'est lui qui la déplace un peu, l'imagine Reine de Palestine. En lui offrant ce vaste territoire, il lui confère noblesse et humanité, et par ce titre une légitimité qu'elle n'aura cependant jamais. Comme par une intuition que cette terre si proche, si lointaine, ne pouvait qu'être le lieu, le théâtre d'une tragédie séculaire passée et à venir.

Après cet épisode malheureux, disons, une des dernières étapes du chemin de croix, nous n'en sommes pas restés là : cette soirée calamiteuse ne nous avait pas servi de leçon. Il fallait boire le calice jusqu'à la lie, et nous n'avons eu aucune difficulté, quelques mois plus tard – puisque cette fréquence bisannuelle régissait désormais selon ton souhait nos rencontres – à trouver l'occasion d'une nouvelle passe d'armes, d'un magnifique *casus belli,* avec, avec… la campagne électorale de l'élection présidentielle, et ses suites. Je n'entrerai pas dans le détail de ce conflit ouvert qui a duré en deçà et au-delà de notre brève rencontre dans cette période, et nous a confortés dans la conviction d'une incompatibilité idéologique et politique entre nous insurmontable. Je n'ai aucune prédilection à reprendre les arguties qui nous ont opposés, mais si je reviens sur le sujet, c'est simplement pour te dire, non sans tristesse : je ne regrette rien de ce que j'ai dit, et presque trois ans après, je persiste et signe. Mieux encore, ce différend, cet antagonisme radical me confortent aujourd'hui dans la conviction que nous ne pouvions plus nous voir, au sens propre et figuré, et ils ont dû jouer le même rôle pour toi.

Non, nous ne pouvions plus nous voir ainsi.

Se reconnaître… Pourtant, c'était bien cela qui nous avait saisis, cette évidence qui nous émerveillait à chaque fois. Il suffisait d'un instant, d'un regard, d'une vibration de la voix. Chacun comme le miroir de l'autre. Mais le charme s'est rompu et les miroirs se sont brisés. *Plus jamais,* as-tu écrit, signant de ta main le dénouement. Ce sont tes derniers mots couperets. Je l'ai déjà dit. Mais ce n'est pas fini. Je les écris encore pour faire résonner l'écho des tristes paroles de Bérénice :

Pour jamais ! Ah ! Seigneur, songez-vous en vous-même
Combien ce mot cruel est affreux quand on aime ?
Dans un mois, dans un an, comment souffrirons-nous,
Seigneur, que tant de mers me séparent de vous ?

Je le confirme, le mot est cruel.

Le subtil passage du *nous* au *me* résume si bien l'inégalité des situations et l'étendue du chagrin qu'elle porte. Son chemin de solitude. On avait pourtant essayé, autrefois, de souffrir la séparation comme composante essentielle de ce *nous* étrange que l'on formait. Pendant des années, nous n'y étions pas si mal parvenus. Mais un jour, nous ne l'avons, à la lettre, plus souffert. Et la réponse à la question sublime de l'héroïne racinienne tient dans la trivialité de ces quelques lignes :

RUPTURE : nom féminin (bas latin *ruptura,* du latin classique *rumpere,* briser). Action de rompre ou de se rompre ; résultat de cette action. Fracture d'une chose solide en deux ou plusieurs parties sous l'effet d'efforts ou de contraintes trop intenses. Coupure, déchirure d'une chose souple. Destruction due à la pression d'une force supérieure à la résistance qui lui est opposée. *FIG.* Interruption qui affecte brutalement le cours de sentiments, de situations, d'événements, etc., inscrits dans la durée. Coupure brutale entre deux situations, deux états de fait, l'un(e) passé(e), l'autre actuel(le). Interruption qui affecte brutalement dans sa continuité la permanence d'un phénomène *CHIM. PEINT.* Séparation irréversible des deux phases d'une émulsion. *PHYS. Étincelle de rupture.* Étincelle qui éclate entre deux conducteurs d'un circuit parcouru par un courant lorsqu'on les sépare.

Voilà. Tu choisis. Je ne sais pas si c'est une fracture, une coupure, une déchirure, une séparation irréversible, une étincelle ou tout cela à la fois mais oui, quelque chose nous a abandonnés puis a volé en éclats. C'est ainsi, ça a eu lieu. Allez, disons une fracture, peut-être, en y repensant, dont mon bras malencontreusement cassé il y a quatre ans aurait alors été une sorte de signe annonciateur.

Et ce qui nous a opposés lors de cet avant-dernier colloque sentimental, c'est précisément l'idée d'une rupture nécessaire (ou pas) dans la société, la politique, les clivages partisans, les idéologies.

L'idée de rupture nécessaire, dont tu étais le fervent défenseur – vraiment, quelle coïncidence ! – porte un nom :

DISRUPTION : Rupture, fracture, *nous dit lapidairement le Littré.* Disruptif, disruptive : (*du latin* disrumpere : briser, rompre) Adjectif qui qualifie ce qui sert à rompre, ce qui est relatif à une soudaine rupture.

« Ce qui sert à rompre ». Belle mise en abyme. On le tenait, notre dénouement !

Il fallait à l'évidence une pensée disruptive à notre pays. Elle serait salutaire selon toi, indispensable, tandis que je freinais des quatre fers. Je n'ai pas cru une seconde à la fable d'un jeune homme fringant qui allait réconcilier les contraires, écouter, gommer les incompatibilités, faire son miel de toutes les bonnes idées et volontés grappillées à gauche et à droite, au centre, partout en dehors des extrêmes perversement confondus, *en même temps* qu'il s'érigerait en brave rempart de la peste brune. Là où tu voyais s'ouvrir un nouveau monde plein de promesses, je criais à l'imposture, au hold-up, pressentant le danger, la catastrophe. Incompatibilité fondamentale.

Bref, je ne vais pas en retracer les péripéties, ce serait presque le sujet d'un journal de bord parallèle à ce que je t'écris aujourd'hui. Un *Journal de la fausse monnaie*, pour en pasticher un autre du siècle dernier. Je peux être disruptive, à mes heures, moi aussi. Mais pardon de mon impertinence ; elle ne parvient pas à cacher ma pensée. Ce qui ne laisse pas de m'étonner, c'est que la forme, la grammaire, le lexique, la (nov)langue des faux-monnayeurs qui ont pris le pouvoir ne t'aient pas alerté dès le début sur le fond, toi dont la sensibilité aux mots, à leur musique, est épidermique. Qu'un homme, par exemple, ait le mauvais goût de baptiser son mouvement politique de ses propres initiales ne t'ait pas un tout petit peu mis la puce à l'oreille, que tu as pourtant si fine.

Alors, trois ans après cette disruption bénéfique, ce merveilleux bouleversement des codes annoncés que tu appelais de tes vœux tandis que je le honnissais par avance, je suis magnanime, je vais te faire grâce d'un état des lieux circonstancié. Tu le connais comme moi, tu n'as pas pu passer à côté, même en faisant preuve de la plus patente mauvaise foi. (Tu as d'ailleurs souvent eu la bonne foi de reconnaître avec une certaine espièglerie qu'il t'arrivait d'être de mauvaise foi.) Mais j'ai une question, même si je n'attends plus aucune réponse de ta part. Comment te sens-tu maintenant, ici, dans ce pays ?

Ne vous inquiétez pas, les coucous, c'est une simple question, je serai brève, mais nous risquons de traverser une petite zone de turbulences. Faites attention aux trous d'air, ne sautez pas du nid *en marche*. Mais d'ailleurs, si vous sautez, vous ne risquez rien, *non è pericoloso sporgersi* puisque vous volez de vos propres ailes. Ce n'est pas comme si vous étiez un jeune homme ne sachant pas nager que l'on aurait balancé dans les eaux noires d'un fleuve une nuit où l'on fêtait la musique, ou une dame âgée regardant passer de sa fenêtre une manifestation et qui aurait, par extraordinaire, été malencontreusement visée par un tir de grenade. Zineb, paix à son âme. Ce n'est pas comme si vous étiez mis en joue et tirés à bout portant au moment où vous vous y attendiez le moins, bien tranquilles à gazouiller avec vos semblables un jour d'hiver pour vous réchauffer dans un recoin à peu près calme d'une place parisienne. Je ne vais pas vous éborgner, vous arracher une patte, vous plumer la tête, et le bec, vous le clouer. Ou gazer, emprisonner et terrifier vos oisillons, soyez sans crainte. Je vous le redis, vous-ne-ris-quez-rien. Mais si vous redoutez malgré tout cette petite péripétie, sautez les trois pages qui suivent et tout ira bien.

Donc, juste ceci : quelles sont tes impressions maintenant ? Quels peuvent bien être les sentiments de ceux qui ont cru en l'apprenti-sorcier au point de lui confier au moins trois fois de suite leurs voix ? Et qui se tiennent souvent bien cois maintenant. Ne parlons pas des autres, occasionnels, embarqués malgré eux croyant bien faire, dans cette funeste aventure : ceux-là, pour la plupart, ont reconnu depuis longtemps s'être trompés et jurent qu'on ne les y reprendra plus.

Bref, mais que dis-tu face à l'entreprise de démolition à laquelle ta voix a contribué ?

Pourtant tu as *bien* voté, avec le sentiment du devoir accompli. La preuve tangible que tu es en démocratie. Tu vis sur un territoire encore relativement protégé des guerres et des pillages, des catastrophes naturelles ou nucléaires. Tu t'es à peu près confortablement installé dans cette idée que, somme toute, tu as de la chance. Et de fait c'est vrai, à l'échelle de l'humanité. Et tu te sens profondément démocrate, enfant de ce pays nourri au lait d'une histoire héritée des Lumières, de notre belle devise présente sur les frontons des bâtiments publics, des monuments. Mais dans ce pays où tu as grandi, t'es constitué, fortifié de ces idées, tu vois au fil des mois, chaque semaine, des gens qui manifestent pour clamer leur souffrance, leur colère, butant contre des murs de cynisme. Toi pour qui l'enfance est sacrée, tu vois défiler ces images de lycéens agenouillés des heures sous le contrôle de la police, d'enfants terrifiés qui étouffent près d'un manège dans les vapeurs de gaz lacrymogène. Tu sursautes en regardant les images d'une femme âgée jetée au sol et grièvement blessée, d'une manifestante à terre qu'un policier traîne par les cheveux, de ces soignants, ces journalistes brutalisés, matraqués, de ces passants roués de coups. Des dizaines de gueules cassées, blessures de guerre, diront les médecins qui les ont soignées ou opérées. Éborgnés et mutilés pourquoi ? Au nom de quoi ?

Il y a donc cet homme qui parle tranquillement avec quelques autres, place d'Italie, lors d'un énième rassemblement. Brusquement atteint par un projectile – si tu as vu ces images, il est impossible que tu n'en aies pas été frappé toi aussi – il porte la main à son visage, chancelle. Il vient de recevoir un tir de grenade dans l'œil. En direct. Bien entraînés, les tireurs, ils font mouche (oui, je sais) presque à chaque fois. C'est lui la 25ᵉ victime éborgnée. Ouvrier métallo du Nord venu manifester comme tous les samedis avec sa compagne. Ils témoigneront par la suite dans une tristesse sans fond. Ils expliquent. Le sentiment d'injustice. Ils venaient juste dire que la vie était difficile, que cela ne pouvait continuer ainsi et qu'il fallait entendre leur requête, leur demande si légitime de vivre mieux. Ils ont quatre enfants chacun. Famille recomposée. Décomposée, dévastée maintenant. Leurs larmes, leur incompréhension. Tout a basculé pour eux, et leur vie si compliquée déjà devient un cauchemar. Ils manifestaient pour un avenir meilleur. Ils ont cette dignité des gens simples et droits, de ceux qui n'ont plus rien à perdre puisqu'ils ne possèdent rien, ne possédaient rien d'autre que ce qu'ils étaient et qu'on leur a pris. Et ils ne renonceront pas, le disent avec des sanglots dans la voix. Pour leurs enfants.

Tu noteras accessoirement que tous leurs recours, toutes ces affaires, ont d'ailleurs été classés sans suite. Tiens, comme la nôtre. Sans suite.

Tu vis dans ce pays-là, cette France-là, conduite par ces gens-là. Dans ce pays en trompe-l'œil. De faux grands débats, fausses réformes, fausses conventions citoyennes, faux indices, où l'on escamote les coffres-forts tandis qu'un bel arbre ostensiblement et à la hâte repeint en vert cache la forêt d'usines, les pesticides, nuages de pollution, déchets toxiques enterrés n'importe où, sinon expédiés loin, au diable, où il est indifférent d'empoisonner les miséreux. Ce territoire par lambeaux vendu aux promoteurs de tous bords, prêts à sulfater, asphyxier, extraire à tout-va, bétonner, annexer. Exploiter, ex-ploi-ter. Ce pays où l'on promeut et défend la chasse à courre comme un fleuron de la culture et du rayonnement français, où l'on autorise les chasseurs à prendre les petits oiseaux à la glu, si possible les espèces les plus menacées, au cas où elles auraient une chance d'échapper à l'extinction. Ce pays où l'on prolonge la chasse aux oies cendrées jusqu'à leurs périodes de grandes migrations. Dans ce pays où l'obscénité crève les yeux. Quelques fragiles remparts institutionnels parviennent encore à endiguer ces folies. Jusqu'à quand ?

Au fil du temps, cela continue. La spirale sans fin. Un train lancé à très grande vitesse qui ignorerait tous les signaux d'alarme et de détresse des passagers. Comme s'il était indifférent au conducteur qu'ils soient en souffrance, en grand danger. Ils ont payé leur place, tu comprends, c'est tout ce qui compte. Il faut foncer, arriver au plus vite à destination, quoi qu'il advienne, quoi qu'il en coûte. Le type est payé pour ça. Liquidateur, c'est son métier.

Alors, que dis-tu devant tout cela ? En repensant à cette dernière passe d'armes entre nous, je voudrais pouvoir reconnaître aujourd'hui des craintes infondées. Et même admettre que je m'étais trompée. Mais hélas, chaque jour qui passe confirme mes intuitions d'alors et me conforte dans l'idée que ce préfet désormais tristement célèbre, s'il déshonore sa fonction (qu'un autre, en son temps, aura à l'inverse grandie – l'histoire l'a retenu – en appelant les policiers à exercer la force avec discernement), ce triste sire avait néanmoins raison. Nous sommes dans une situation où chacun doit *choisir son camp*.

C'est ce que nous avions fait sans détour l'un et l'autre ce soir-là. Cette fracture-là qui s'était jouée.

Mais qu'est-il arrivé, comment cela s'est-il défait ? Que se passe-t-il quand les miroirs se brisent ? J'ai vu ton regard me donner une autre identité que la mienne, un autre visage, détruisant l'image familière que tu connaissais de moi. Je me suis perçue dans tes yeux comme une illuminée gagnée à une cause sectaire, désormais inaccessible à tout bon sens, presque effrayante de véhémence, que tu ne pouvais plus considérer qu'avec mépris. Et simultanément, dans une transitivité parfaite, tu as senti dans mes yeux l'image originelle que j'avais de toi se défaire, tu t'es lu dans mon regard tel que je t'ai vu alors : vindicatif, hors de toi, inaccessible à tout bon sens, presque effrayant de détestation. Nous nous étions définitivement défigurés. Deux étrangers, deux ennemis face à face, radicalisés dans un irréversible processus de décristallisation. Ou de cristallisation inversée. Nos regards défaisant irrémédiablement ce qu'ils avaient fait. Nous ne pouvions décidément plus nous voir.

Fragiles visages, comme engloutis, gommés, dévorés ou recouverts des masques de notre discorde. Seules resteront les ombres des visages d'avant déposées dans nos mémoires, ou ce portrait retrouvé de toi que j'évoquais au début, ces quelques photographies de nous prises le même jour lors de cette promenade au chemin de croix, que je pourrais retrouver, en cherchant bien, dans les *Images* de mon ordinateur. Avec nos mots, seules traces, seuls témoins de la légende que nous avions construite.

Nous n'étions plus dans le même camp. Nous avons donc pris ce parti de matérialiser ainsi notre éloignement, le rendre tangible. Mais je me demande encore comment il est possible que tu te sois retrouvé de ce côté des barricades, de la frontière, sur cette ligne de front. Et surtout, comment aujourd'hui l'homme que tu es peut se taire devant ce qu'il voit. Ces coups de couteau répétés à la liberté, l'égalité, la fraternité. S'inscrire dans ce silence-là.

Je t'entends me dire. Errant sur les décombres des ponts coupés, sur ces débris épars, je suis réduite à construire ta réponse à partir de ce qui me reste, de ce que je sais encore intimement de toi, ce que tu pourrais avancer. En admettant que les vents contraires se soient calmés, que nous en soyons sortis sinon indemnes du moins en état de nous parler, j'imagine ce dialogue désincarné, comme deux voix off lointaines, à peine distinctes, séparées, dans un écho assourdi et métallique, dialogue accompagné du bruit de fond des ondes, effet larsen, que l'on entend parfois dans ces conversations téléphoniques qui transitent désormais par internet, pur produit du virtuel qui abreuve nos existences connectées, puisque la déconnexion est manifeste. J'essaie en tout cas, et pour ne pas te voler tes mots, je résume :

Lui : Me tenir à distance, me mettre à l'écart du tumulte, voilà la raison essentielle. Ce n'est pas nouveau, tu me connais. Des années que ce cheminement est engagé. C'est ma métaphysique du retrait, m'effacer jusqu'à disparaître.

Elle : Oui, ce sont sans doute d'excellentes raisons, mais je...

Lui : Ne pas me laisser envahir par l'hystérie de l'époque, les emballements médiatiques, l'accélération et l'agitation des particules, la démultiplication et la déformation des informations, cette folie dans laquelle nous sommes tous peu ou prou embarqués. Des réseaux sociaux..

Elle : Nous y reviendrons.

Lui : Prendre assez de recul pour me protéger de l'obscénité ambiante. (Tu pourrais dire ce mot, toi aussi, comme je le fais, mais sans doute pour des raisons diamétralement opposées aux miennes). Ne pas en être éclaboussé. Ne pas laisser la boue de ce monde se déverser sur mon territoire..

Elle : Tu veux dire, ta tour d'ivoire ! Je savais que tu te justifierais ainsi ! La fameuse position de surplomb de l'intellectuel, ou de l'artiste un peu éthéré. Pardon, mais je trouve ça trop facile, sinon risible et caricatural.

Lui : Caricatural ! Je ne...

Elle : Tu m'as interrompue tout à l'heure après avoir justifié ton silence en invoquant la dialectique – ou l'esthétique – de l'effacement. Tu voulais sans doute dire t'effacer… pour resplendir, comme le grand poète ? Ah, je m'inclinerais bien volontiers devant cette belle résolution, mais que ne l'as-tu épousée plus tôt, par exemple avant de m'adresser ces mots vitriolés, aux antipodes d'une sage philosophie à laquelle tu n'as pas toujours su te tenir et qui t'a manifestement, à des moments essentiels, donné du fil à retordre !

Et hop, il suffirait de très peu, tu vois, pour que ça dérape et qu'à nouveau nous repartions en vrille. Les mots sont devenus hautement inflammables. La conversation que nous pensions infinie est bel et bien rompue. La rupture consommée. Laissons tomber le dialogue. J'écris, je t'écris, je m'écris un peu, et ça suffit. Ça tente d'expliquer.

Donc si je comprends ce qui y conduit, je ne crois pas que le silence soit une posture acceptable dans l'état actuel des choses. Il me semble que se taire aujourd'hui, c'est se faire complice d'une terrible rupture de contrat. C'est déserter. Laisser les plus faibles aux prises avec une mécanique impitoyable qu'ils ne peuvent combattre seuls. Nous avons un devoir d'indignation, de résistance. Et je n'arrive toujours pas à concevoir que ce ne soit pas aussi une évidence pour toi, peut-être au nom de ces mots universels, ces mots de fragiles rivages venus de si loin :

« Aucun homme n'est une île, un tout complet en soi ; tout homme est un fragment du continent, une partie de l'ensemble ; si la mer emporte une parcelle de terre, l'Europe en est amoindrie, comme si les flots avaient emporté un promontoire, le manoir de tes amis, ou le tien ; la mort de tout homme me diminue, parce que j'appartiens au genre humain ; aussi n'envoie jamais demander pour qui sonne le glas ; il sonne pour toi. »

La voix du poète hors de sa tour d'ivoire, encore vibrante d'émotion, de son humanité, quatre siècles après qu'elle s'est éteinte. Jamais éteinte en réalité, fulgurance intacte, l'essence d'une pensée condensée en quelques lignes. *La Méditation XVII* de John Donne, dans *Devotions upon Emergent Occasions.* J'égrène chaque mot de ce titre en si grande résonance aujourd'hui, à écouter de toute son acuité comme une chose sacrée. La traduction française propose *Méditations en temps de crise.* Juste, sans doute, mais trop laïque pour être honnête avec celui qui était un homme de religion, aussi. *Oraisons pour situations d'urgence,* peut-être ?

Je sais bien que ton silence ne t'empêche pas de penser et de méditer sur ce qui arrive. Le paradoxe entre l'état de la pensée et l'état d'urgence n'est qu'une apparence. Mais au-delà de la méditation nécessaire, toutes affaires cessantes, dans ce monde dont les jours sont désormais comptés si les tenants du pouvoir persistent et signent *ubi et orbi,* enfreignant chaque jour des lois sacrées de nature ou d'humanité, j'entends l'urgence d'un cri pour l'action, la solidarité du genre humain. Nous n'avons sans doute pas la même sensibilité à ces mots, à cet appel à l'aide de tous les gens de bonne volonté. Je n'ignore pas que tu fais ta part, comme le colibri de l'histoire, et peut-être plus encore, autour de toi. Mais je te parle d'autre chose.

Il faut dire que ces paroles du poète prédicateur, aujourd'hui souvent galvaudées sont très singulièrement imprimées dans l'histoire familiale. Mon père les avait copiées de sa belle écriture sur une carte de bristol à petits carreaux qu'il avait fait plastifier pour la protéger, et elle ne le quittait pas. Il portait ces mots contre lui, dans la poche intérieure gauche (bien sûr) de sa veste, près de son cœur. Il disait qu'ils étaient son credo et voulait les garder chevillés au cœur. Qu'on les trouve sur lui lorsqu'il aurait cessé de vivre, de respirer. Et c'est ce qu'il a fait. Il a vécu par ces mots, ils l'ont mû et porté dans son engagement, son rapport aux autres, et il en est mort le jour où, rattrapé par la réalité, tous ses espoirs ont été balayés. Son existence même n'ayant plus de sens. Quand son histoire individuelle a été percutée par la grande Histoire. Collapsus presque simultanés. Lorsque le bloc que l'on croyait indestructible s'est effondré, ce pan du monde en quelques semaines a été rayé de la carte, le totem que je croyais presque inaltérable s'est brisé. Il a chancelé ; ses jambes ne pouvaient plus le porter, et il s'est effondré lui aussi. S'est littéralement laissé tomber.

Juste avant, entre deux nuits blanches où il écoutait en larmes les nouvelles venues de l'Est sur son transistor de poche, il s'était assis à son bureau, faisant une place entre les dossiers de couleur qui s'y amoncelaient, avec leurs articles de presse soigneusement découpés, datés, annotés, surlignés et classés par thèmes. Puis il avait écrit cette lettre à son journal si bien nommé *L'Humanité*. Il avait expliqué que les événements le conduisaient à résilier son abonnement de 45 ans et admettre qu'il s'était fourvoyé.

Tout ce qui fondait sa pensée politique venait d'être anéanti par l'annonce du (faux) charnier de Timisoara, largement relayée par les grands médias français le présentant comme un crime contre l'humanité, perpétré croyait-on, par les tenants du pouvoir roumain. Le coup de grâce pour lui, après les atteintes successives portées par cette fin 89 à ses convictions de toujours. Le lendemain, après l'horreur des images télévisées montrant les alignements macabres de corps mutilés, exhibés au monde entier comme la preuve tangible de la monstruosité du dictateur, il lui avait fallu affronter la vision insoutenable – traumatisme objectif pour des millions de téléspectateurs de toutes sensibilités politiques – de la parodie de procès des Ceausescu, animaux traqués derrière une table de formica à tréteaux disposée en angle droit dans une pièce sordide, dans cette atmosphère hallucinée de fin du monde, et leur exécution séance tenante, comme dans un film ou un mauvais rêve. De l'arrière-salle à l'arrière-cour, affaire liquidée en une heure et des poussières. Mesurer que cette femme interdite, incrédule, presque hors sujet avec ses talons hauts, manteau clair au col de fourrure sombre et foulard, cet homme mimant encore la véhémence, furieux comme un tigre en cage, martelant son refus de comparaître, d'abdiquer, ce dérisoire dictateur en manteau sombre et cravate pourpre, faisant tourner sa chapka dans ses mains n'étaient pas les acteurs d'un film noir ou d'un cauchemar kafkaïen. Mesurer qu'ils ne quitteraient pas leurs costumes, ne se démaquilleraient pas dans leurs loges pour retourner à leurs occupations une fois le film terminé, ou n'étaient pas les protagonistes d'un cauchemar qui finirait par s'effacer au matin. Qu'en quelques instants, cette femme et cet homme passeraient de la vie à la mort sous les yeux du monde, malgré leurs cris de protestation. Non, ce n'était ni un mauvais rêve ni un mauvais film, c'était bien la cruauté nue du réel. Et il faudrait soutenir la vue de ce couple aux mains ligotées, comprenant soudain que le simulacre s'arrêtait à leur procès mais que leur exécution, elle, serait bien réelle. Emmené de force dans la cour, placé contre un mur décrépi et séance tenante criblé de balles. Supporter la vue de ces images. Les dépouilles de ces deux fous qui avaient régné des décennies dans leur palais démentiel au beau milieu d'un pays exsangue. D'un trait de fusillade réduits à leurs oripeaux. Manteau clair et manteau noir, deux taches gisant sur le sol gris de la cour, comme des poulets vidés de leur sang. Les gros plans insoutenables sur leurs visages, leurs corps en lambeaux.

Joyeux Noël, papa. Oui, parce que c'était bien le jour du 25 décembre 1989 que tout cela avait eu lieu. Les premières images impitoyablement diffusées par la télévision à 20 h le soir de Noël. Je te laisse imaginer la déflagration et le choc qu'il avait ressentis.

La mort de tout homme me diminue, parce que j'appartiens au genre humain ; aussi n'envoie jamais demander pour qui sonne le glas ; il sonne pour toi. Quelques jours après, il m'avait annoncé sa décision avec un calme qui ne laissait rien présager de bon, le connaissant. Ce courrier de résiliation. Il disait s'être trompé *sur toute la ligne.* J'avais pensé qu'il faudrait, à son âge, lui trouver quelque chose de puissant pour tenter de combler le vide abyssal qui s'ouvrait devant lui. Comme un croyant à qui on aurait apporté sur un plateau la preuve de la non-existence de Dieu, avait dit ma belle-mère, ma seconde maman, grande chrétienne devant l'Éternel, venue nous rejoindre plus tard à son chevet. J'avais cherché fébrilement, sentant venir la catastrophe. En vain. Il devrait gravir son chemin de croix. Je l'ai profondément senti ainsi tandis que je tentais, de tout mon amour et désespérément, de le ramener à la vie. Peine perdue. En deux semaines, il était allé au bout de sa passion. L'ironie du sort est que finalement, cette partie de billard à deux bandes qui l'avait terrassé reposait sur une terrible méprise. Il n'a pas eu le temps de savoir que le nom de Timisoara ne serait pas gravé dans l'histoire pour les raisons qu'il croyait, mais resterait à jamais emblématique d'un incroyable jeu de massacre des médias, symbole même de désinformation. Il a pris la fausse monnaie pour argent comptant, cru ce qu'on lui donnait à voir. Au fond, il est mort sur un malentendu.

Bref, je ne vais pas épiloguer, mais c'est te dire combien cette profession de foi humaniste et cosmique résonne en moi. L'affirmation de ce lien d'appartenance. Qu'elle ait contribué à sceller assez tragiquement la destinée de celui que j'ai tant aimé au-delà de ses zones d'ombre ne change rien à sa vérité. On ne peut pas faire comme si de rien n'était quand tant d'injustices et de vérités vous sautent à la figure. Il y a des situations où le silence et la politique de l'autruche ne passent tout simplement pas. Tiens, finalement j'aurais pu ajouter, en tête de ma lettre, un *objet*. Après tout, ça se fait. Parce que je me rends compte, chemin faisant, que mon propos lui fait la part belle. Ça aurait pu donner quelque chose comme ça, au tout début… Objet : *Du Silence*.

Mais ton silence, ta rupture définitive de toute communication avec moi ne sont plus ni le sujet ni l'objet. Qu'ils soient survenus de manière brutale et inopportune, comme je te l'ai déjà dit, ne remet en question ni ton choix ni les raisons que tu n'as d'ailleurs pas jugé bon de m'exposer, ce qui me donne la liberté de faire quelques conjectures. J'y vois à la fois une volonté de punition – frapper nos mots d'interdit, c'est aller au plus tendre de ce qu'a été notre lien – et une forme de dérobade dont je n'ai aucunement envie de développer les causes, laissons cela. Ta décision de ne *plus jamais* t'adresser à moi n'a pas d'importance, si ce n'est que, par voie de conséquence, elle m'a cloué le bec, ce qui est intellectuellement un peu plus gênant. D'où cette petite tentative de réparation, ou d'effraction. Non pour franchir frontières et barbelés, mais simplement histoire de faire quelques petits aménagements de confort sur mon territoire, dans mon camp : non pas rompre la rupture, seulement mettre un peu de bruit dans le silence qui m'a été injustement imposé.

Heureusement, dans ce paysage de l'absence ou de l'abstention, d'autres voix se sont élevées, venues restaurer le sens même du mot politique, lui rendre sa noblesse, sa fonction dans la cité, et curieusement réhabiliter en moi une forme d'intégrité perdue. Ne crois pas que je parle de celles dont tu me reprochais autrefois presque avec dégoût de soutenir l'insoumission, et qui avaient une fâcheuse propension à te donner périodiquement des crises d'urticaire et de détestation. Je n'en désavoue cependant aucune. J'admire le travail acharné qu'accomplissent ces femmes et ces hommes dans les rangs de ce qu'il est convenu d'appeler l'opposition d'un hémicycle désormais méconnaissable. Et je loue leur présence. Non, ce sont surtout des plumes, des voix plus fines et singulières que j'écoute ou lis avec émotion, dont j'admire le courage. Celles de Justes entrés en Résistance, de tous bords, toutes conditions et professions, qui me réconfortent et auprès desquelles enfin je me suis retrouvée, parce qu'elles ont jeté à bas le masque que ton regard avait plaqué sur moi, et me disent que j'ai bien fait de choisir, non une chapelle au risque de t'étonner, mais au sens large, ouvert, mon camp.

Et qu'importe si la bataille n'est pas encore gagnée. Cela aura eu lieu, tu vois. Un vent réparateur, enthousiaste s'est levé, traversant un jour d'hiver le parvis de l'Opéra, résonnant avec force dans les salles de spectacle pour chasser la noirceur, la parole biaisée, redonner force et courage à ceux qui luttent depuis si longtemps. Où étais-tu alors ? Les musiciens aux doigts gelés ont joué, le ballet de l'Opéra a dansé dans le froid, les voix du chœur ont vibré dans l'air glacé, traversant la place par-delà une foule rassemblée, unie. Les robes noires, les livres, les bleus de travail, les blouses blanches, voltigeant entre joie et colère, ont écrit une page d'Histoire, d'espoir que nul ne pourra désormais arracher. Oui, cela a eu lieu, fait date et continuera, demain, bientôt, nul ne peut l'effacer. Où étais-tu quand aux marches de la Comédie-Française, acteurs et orchestre de l'Opéra se sont rejoints pour donner un spectacle où ils ont appelé en renfort l'âme de Molière-Sganarelle pour crier « Mes gages ! » et dire non à la brutalité comptable de ces numéros de loterie – 49.3 – qui venaient de tomber dans un bruit sec de guillotine ? Qu'a ressenti ta fibre théâtrale si tu as vu ces images qui m'ont fait frissonner d'émotion et d'espoir ?

« On a déjà vu ça, faut croire, quoique je n'en aie pas souvenance. (*Un temps.*) Et toi, Willie ? (*Elle se tourne un peu vers lui.*) As-tu souvenance, Willie, d'avoir déjà vu ça ?

(*Elle se renverse en arrière pour le regarder.*) Sais-tu ce qu'on vient de voir, Willie ? (*Un temps.*) Le coma t'a repris ? (*Un temps.*) Je ne te demande pas si tu es sensible à tout ce qui se passe, je te demande seulement si le coma t'a repris. (*Un temps.*) Tes yeux paraissent fermés, mais ça ne veut rien dire, nous le savons. (*Un temps.*) »

Ton silence est la seule réponse à mes questions. Et c'est presque réconfortant. Ce n'est pas un vide abyssal ; j'avance dans un désert peuplé de présences. Les mots courent, trébuchent, repartent sur la page blanche accompagnés des couleurs et des notes que je leur ai données. La radicalité de ce désert habité de signes. La bande-son du silence infini m'accompagne. Elle possède des voix, des noms. Des compagnons furtifs, rencontrés au hasard du voyage ou au contraire familiers, amis fidèles, habitués à cheminer à mes côtés. Qui traversent siècles et continents, venus de si loin dans une incroyable fluidité. Des musiques de solitude, dans la nudité des voix et des instruments, dans la vibration de leur simplicité première. Avec la même tonalité ; cette tristesse sereine qui les unit par-delà leurs différences, comme les membres d'une même famille et qui me lie à elles. Chacune de mes pages blanches marquée de ce filigrane (nommé poétiquement *texte fantôme* par mon logiciel Word) qui l'identifie imperceptiblement et la tient aux autres.

Mais un autre silence, amplifiant le tien, s'est maintenant installé en quelques jours, une autre sidération venue brutalement redistribuer les cartes. Sans que nous ayons eu le temps de dire ouf, comme les deux mouches qui avaient mis le feu aux poudres. Un pas supplémentaire dans l'irrémédiable. La tristesse a jeté l'ancre, quelque chose pleure en nous, qui vient d'ailleurs. Fragiles rivages, tout s'effondre, le monde est à vau-l'eau. Nous sommes aussi vulnérables que les humains autrefois, dans les grandes colères de la nature ou les épidémies du Moyen-Âge. Nous vivions dans un leurre, un mensonge soigneusement entretenus par ceux qui croyaient dominer le monde, dans l'illusion des certitudes, une conviction d'invincibilité. Nous le découvrons dans l'incrédulité. Passé le temps du déni, dans un sauve-qui-peut général, nous tentons de trouver des réflexes archaïques de fuite, d'exode vers un impossible refuge où l'on espère se tenir à l'abri – si cette idée a encore un sens – se cacher, se terrer au fond d'un trou du mieux que nous le pouvons, ou grimper au faîte d'un arbre, hors d'atteinte, dans l'espoir fou d'en réchapper, de survivre au désastre. Les images de migrants voguant sans boussole, dépourvus de tout, accrochés, agrippés à la moindre planche, au moindre radeau de fortune hantent nos pensées. Nous ne savions pas quels signes annonciateurs nous aurions pu alors lire en elles. Ils ont un peu d'avance sur nous dans le malheur, et nous tendent un miroir dans lequel nous refusons encore de voir notre reflet. Nous sommes embarqués. Nous sommes en fuite. Dans l'infernal jeu de chat perché qui s'est imposé en quelques jours, nous nous rêvons intouchables, en quête effrénée d'un point d'invulnérabilité, d'invisibilité. Avec peut-être, en contrepoint de la frayeur ancestrale, lancinante, une part de la sagesse fataliste des animaux. Cette extraordinaire faculté qu'ils ont à vivre dans le présent. Et ce n'est pas comme le disent certains, qu'ils n'ont aucune conscience de leur finitude. C'est au contraire parce que cette connaissance, ancrée au plus profond de leur être, les constitue.

Alors, traverser la sidération, pas à pas. Toi aussi, tu as bien dû composer avec cette déflagration à nulle autre pareille de mémoire d'homme en vie. Rien d'équivalent dans l'histoire proche, disons, depuis plus d'un siècle. Que dis-tu ? La grippe espagnole ? C'est ce que l'on a tenté de mettre en avant. Mais survenue avant tous les chassés-croisés de la mondialisation, la pandémie ne s'était pas imposée aussi facilement. Aujourd'hui, la tragédie déferle avec la force des lames de fond aux grandes marées d'équinoxe ; nous la voyons arriver hébétés, comme dédoublés, frappés de stupeur. Nous sommes donc mortels à ce point, si vite, si nombreux, dans cette urgence-là. Pas le temps de dire ouf, ni seulement au revoir, adieu. Pauvres humains. Tombant comme des mouches, oui. La gifle du réel, aussi implacable et absurde que mon geste initial. Du jour au lendemain, d'un instant à l'autre, l'humanité entière affrontant le terrible aléa. Dans ce point de bascule. Pauvres de nous. Et ce n'est pas un film, un scénario catastrophe, un livre. Ce n'est pas en lisant

La Peste ou *Le Hussard sur le toit* que nous frémissons, c'est face au réel dressé devant nous dans toute sa brutalité.

Il y a quelques jours, j'ai vu par hasard cette photo accompagnant un article de presse sur les personnes oubliées des statistiques – près de 10 000, selon une étude – mortes chez elles de la Covid-19. Illustrant, résumant tout. Je ne sais pas si elle t'aura échappé. Personne n'en a parlé ; à croire qu'elle est passée inaperçue. Pourtant, j'ai éprouvé le même effroi qu'en découvrant l'image qui avait bouleversé le monde ; tu sais, celle du petit Syrien de trois ans en culotte courte et T-shirt rouge, noyé sur le rivage. Peut-être avait-on intégré l'onde de choc de cette photo parce qu'aux yeux des gens, malgré l'émotion, la compassion, cet enfant restait *l'autre,* ne pouvait être nous, le nôtre ou des nôtres, puisque venu d'ailleurs, voire de nulle part, du chaos. On s'est accroché à de supposées différences qui nous mettraient à l'abri de pareils naufrages. Pourtant, les grandes catastrophes qui ébranlent l'humanité nous rappellent que nous sommes solidaires par nature, n'en déplaise à certains. Et cet instantané si tragiquement emblématique de l'épidémie nous fait affronter l'insoutenable. L'image percute parfois plus que les mots. Aussi, le déni est-il le dernier rempart contre l'horreur. Parce que l'autre, dans sa housse funèbre, pourrait bien être nous.

Sur la photo, donc, trois hommes en combinaison blanche intégrale, la légende dit qu'il s'agit de pompiers. Ils soulèvent un corps placé dans un sac blanc, dans ce qui semble être le petit séjour d'un appartement. Une boîte de chaussures, blanche aussi, sur laquelle figure comme ironiquement le logo Nike, est posée par terre, à côté d'un carton d'emballage ouvert. Voilà. Dans cette soudaineté-là. Recevoir le colis, avoir juste le temps de l'ouvrir, et puis quelques heures après, ou le lendemain, peut-être, plus personne.

Que tu aies vu cette image ou pas, je te connais encore assez pour savoir que tu n'auras pas manqué de te plonger dans les livres de ta bibliothèque, d'interroger les grands auteurs, les poètes, pour relire – relier, ai-je d'abord écrit par erreur, mes doigts ayant trébuché sur le clavier – les mots qu'ils ont posés sur l'innommable, voir comment ils se sont arrangés avec lui. Pour puiser en eux la force de regarder la catastrophe qui vient. Auras-tu retrouvé ces lignes de Giono qui disent la même chose que cette photographie ? « Et alors, c'est rapide, ils mangeaient dans une ferme, ils étaient sept. Tout d'un coup, ils tombent tous les sept dans leur assiette de soupe. Passez muscade. Ou bien un homme parle à sa femme et il ne finit pas le mot. On n'est sûr de rien. On est assis, est-ce qu'on se dressera ? On ne prend même plus la peine de dire « je vais faire ci, ou je vais faire ça. » Est-ce qu'on sait ce qu'on va faire ?

T'écrivant, je me dis parfois, l'espace d'un instant, je voudrais avoir le temps de terminer cette lettre, qu'il ait le temps de la lire. Je me demande si tu ressens comme moi cette imperceptible modification, l'absorption de *notre* silence dans ce qui arrive et vient tout balayer.

Tu ne m'entends pas plus, pourtant je t'écris, je te parle depuis cet autre silence, cette autre solitude. Dans ce temps à la fois suspendu et compté. Dans ce temps volé. Comme si l'on était entré dans une autre dimension. De New Delhi à Wuhan, le ciel a retrouvé sa pureté, les canaux de Venise leur transparence, leurs cygnes blancs. Comme si en surgissant, le cygne noir de la pandémie les avait rétablis dans leur évidence, non sans la nier par sa présence même. *La Théorie du cygne noir*, devenue contre toute attente notre quotidien. Le fameux événement par définition imprévisible, parce qu'échappant à tout calcul statistique ; si microscopique à l'échelle des infinies probabilités qu'il déjoue tous les écrans radars et cependant surgit, à la stupéfaction générale, venant à jamais bouleverser l'ordre du monde. Qui songerait à envisager l'existence d'un cygne noir ? Juvénal, déjà, en utilisait l'image : *rara avis in terris nigroque simillima cygno* – un oiseau rare sur terre, presque comme un cygne noir – pour signifier la rareté, voire l'impossibilité d'un événement, d'un être vivant, d'une situation. Ô mémoire si imparfaite des hommes, fragilité de nos connaissances, de nos échafaudages, nos systèmes. Notre incapacité mortelle à conceptualiser l'incertitude, à faire exister ce que l'on n'a pas encore vu comme une donnée fondamentale avec laquelle on ne peut transiger. Seuls les animaux savent cela dans l'humilité, vivent dans l'imminence d'un danger non identifié, s'attendant à tout instant à voir survenir le prédateur ou l'aléa, tandis que l'hybris, notre seconde nature, crève les yeux et perd les descendants d'Œdipe que nous sommes. Le cygne noir, métaphore de la réfutation tranchante de nos certitudes, de cette rupture à l'œuvre en chacun et inhérente au monde. Métaphore aussi de notre aveuglement et nos limites. De notre déni.

Il n'en demeure pas moins – cela non plus ne t'aura pas échappé – que les plantes, les animaux, la Nature enfin respirent, retrouvent une place depuis longtemps dérobée par la fureur et l'orgueil insensés des humains. Un chevreuil galope sur une plage déserte puis s'éloigne du bord pour nager longuement en eau profonde. Les biches et les daims timides s'enhardissent dans le calme des rues désertes la nuit, risquent une patte hors de leurs tanières avec une curiosité étonnée, attendrissante. Sondent la résonance de ce vide inconnu de leurs sabots inquiets effleurant l'asphalte. Mais il est si triste de savoir que ce décor irréel des villes à l'arrêt n'est qu'un leurre pour eux, une fausse quiétude, une fausse insouciance, un faux-semblant de plus à verser au dossier de nos prédations. On ne manque pas d'observer, de saluer le phénomène. De louer, par-delà le drame, ce silence particulier. L'avions-nous jamais éprouvé ? Son incroyable vibration à laquelle il a fallu s'accoutumer les premiers jours. Avec sa densité effrayante de calme avant la tempête, pendant que la pandémie gagne, avance impitoyablement, doublée de l'épaisseur insondable de la tragédie qu'elle charrie. Tandis que la nature revit, reprend son souffle, meurent les hommes et c'est aussi cela que l'on entend distinctement en prêtant l'oreille. Si ce n'était le chant des oiseaux, comme surpris de lancer leurs trilles dans ce recueillement, cette paix retrouvée, la pureté de l'air soudain débarrassé de l'incessant bruit de fond de l'activité humaine, tout l'espace résonnerait de ce silence de mort.

C'est donc ce silence inouï qui règne maintenant et à plus d'un titre, il n'y a pas lieu de s'en réjouir. De quoi sera fait l'après ? Tu dois bien légitimement te poser la question, je ne peux croire que tu te contentes d'observer. Certains pensent, c'est toujours ainsi dans les catastrophes, que plus rien ne sera comme avant. Mais on sait bien qu'à moins d'une lutte à mort contre ceux qui ont pris le pouvoir sur nos vies, tout recommencera de plus belle. Nous en avons déjà les signes.

Nous sommes en guerre, avait-il annoncé un soir, mais il aurait dû ajouter : et on va tous vous envoyer au casse-pipe. Ceux qui battaient le pavé depuis des mois, les oubliés qui suppliaient d'être écoutés, sont allés au combat en première ligne, sans armes, sans protection. Les bleus de travail mains nues, sans masque, les blouses blanches recouvertes de sacs-poubelles. Ils ont ravalé leur cri, le gardant pour plus tard. Et pour les autres, les patients, il faudrait bien qu'ils le soient ou qu'ils meurent, dans l'attente de vaccins conçus en grande précipitation. Mais tandis que dans nos enfermements respectifs nous sentons les prémices de nouvelles privations à venir, la dystopie est devenue notre réalité, l'inconcevable notre quotidien.

On a comparé la situation à celle de la débâcle de 1940, lorsque fantassins et cavaliers de l'armée française, avec leurs équipements vétustes de 14-18, s'étaient trouvés confrontés aux redoutables dispositifs terrestres et aériens allemands, à leur matériel flambant neuf. Chevaux contre chars d'assaut, escadrons décimés, soufflés en moins de temps qu'il n'en faut pour le dire. Les soldats, souvent des gosses de dix-huit ans, hébétés en lambeaux pataugeant dans la boue glacée en cherchant vainement leur chemin, ça te rappelle quelque chose ? Demande aux mânes de Claude Simon ce que ça donne, il a vécu, ressassé, écrit cette horreur mieux que personne. Dans toute son œuvre, il en a inlassablement refait le film. Un jour, qui sait, si nous sortons de ce cauchemar, quelqu'un qui l'aura vécu de l'intérieur trouvera la force de raconter ce désastre, non comme lui ou son avatar littéraire dans le labyrinthe de *La Route des Flandres,* mais au cœur du service Covid d'un hôpital. Un jour, peut-être. Les survivants auront ce devoir de dire, d'écrire cette tragédie étape par étape, de la transcender par les mots de la littérature. Et de faire la lumière, juger les responsables du désastre, ne serait-ce qu'en mémoire de tous ceux qui seront tombés, victimes de la machine à broyer l'humain qu'est devenue notre société.

Oui j'ai dit à broyer l'humain, pas les poussins. Ça, les millions de petites créatures précipitées sur le tapis roulant avant d'être englouties et déchiquetées par les dents métalliques, ce n'était, ce n'est que la répétition générale. Tout comme les images terrifiantes de vaches, cochons, moutons, agneaux massacrés dans les abattoirs, ne sont que le symptôme, le reflet d'une barbarie ordinaire. Ou celles des veaux arrachés dès la naissance à leur mère et placés dans ces containers de plastique blanc alignés à l'infini dans des parcs concentrationnaires dont ils ne sortiront que pour aller à l'abattoir, ou encore celles de ces animaux transportés des heures sans boire avant d'être conduits à la mort, mourant parfois en route étouffés, piétinés parmi leurs congénères. Je continue ou bien... ?

Ça suffit maintenant ! Tu jettes ce cri. Et je te vois d'ici armé d'une fourchette vengeresse arrêtée en plein vol au-dessus de ton rumsteck jalousement défendu. Levant les yeux au ciel, au besoin le prenant à témoin. Elle persiste et signe dans ses dithyrambes, monte dans ses tours, je la connais. Ne peut s'en empêcher, plus fort qu'elle, marmonnes-tu encore entre deux bouchées, reprenant d'un geste sûr la découpe du morceau de viande, elle ne croit pas qu'elle va me convertir à ses âneries véganes, quand même ! Et tandis que se poursuit le cérémonial du repas, avec lequel tu ne badines pas du tout non plus, que les couverts grincent et font tinter l'assiette, je vous entends aussi protester en sourdine, les coucous, coryphée discret mais opiniâtre, en mode faux-bourdon. Vous trouvez une fois de plus que je vais trop loin, avec ce catalogue de lieux communs accablants. Vous me voyez venir, mais tant pis ! Ce qu'une société est capable de faire subir aux animaux, elle n'aura aucun scrupule à l'infliger aux humains. « Tant qu'il y aura des abattoirs, il y aura des champs de bataille », disait Tolstoï. J'avais un jour expliqué cela à des élèves de première, dans un silence stupéfiant où l'on aurait entendu les mouches voler, si je ne craignais de remuer le couteau dans la plaie. Leurs trente regards rivés sur moi. Et puis cette petite voix un peu hésitante, venue du fond de la classe : *mais madame… on peut bien les tuer gentiment quand même !* J'avais fait observer à la petite voix qu'elle venait de trouver un très bel oxymore, mais que l'on ne pouvait hélas pas prendre la vie de quelqu'un *gentiment.* Enfin, maintenant je ne sais plus, tu vois. Peut-être que si, finalement. Quand on n'a plus de lits et de médicaments pour soigner les personnes âgées, parce qu'elles ont précisément un âge (bon, d'accord, chaque fois que l'on édicte lois et règlements, il faut établir un seuil) au-delà duquel on décide qu'il est acceptable de les laisser mourir, mais gentiment. Alors là, on promulgue un nouveau décret qui autorise tout médecin à prescrire un puissant psychotrope plongeant, mais gentiment, le patient dans une sédation profonde jusqu'à la mort.

Non, ma chère Lisa, je n'aurais peut-être pas dû t'enlever tes rêves. Était-ce à moi de le faire, de quel droit l'avais-je fait, c'était tellement terrible, ce cri de son enfance encore si proche, comme une résurgence des paroles réconfortantes que l'on avait dû lui prodiguer quelques années auparavant pour la consoler d'un de ces chagrins incoercibles que nous avons tous éprouvés enfants, toi le premier, face à la cruelle réalité.

J'ai encore le souvenir de mes sanglots de petite fille qui revenaient autrefois malgré moi, incontrôlables, me secouer jusque dans mon sommeil après une longue crise de larmes. T'en ai-je jamais parlé ? J'ai le souvenir de ces étals de boucherie où j'étais bien forcée de suivre ma mère, lorsque je l'accompagnais aux commissions. Têtes de veaux ou de cochons aux narines dérisoirement décorées de persil, que j'essayais de ne pas regarder, mais dont les images ensuite me hantaient. Dans le meilleur des cas, on échappait à la vision terrifiante de la livraison des carcasses suspendues dans la camionnette – sinistres mobiles oscillant lourdement – décrochées par le boucher en grand tablier blanc ensanglanté par-dessus la chemise à petits carreaux aux manches retroussées, qui les transportait sur son épaule sans s'émouvoir, la tête un peu penchée sous le poids de l'animal mort, dans une invraisemblable étreinte avant de disparaître dans les profondeurs de l'arrière-boutique, vers la chambre froide. Il revenait quelques instants après, satisfait de son affaire, essuyant ses mains rougies par l'eau glacée avant de demander en souriant : « Et pour cette dame ? » Le souvenir du bruit sec et mat du hachoir qui, à chaque fois qu'il tombait sur le billot de bois pour trancher la viande, malgré mes efforts pour ne pas ciller et empêcher le mouvement réflexe en tentant de suivre le geste et m'y préparer, me faisait à chaque coup fermer les yeux. Et ce presque invisible battement de cils, ce tressaillement auquel les adultes ne prêtaient aucune attention produisaient cependant en moi une véritable onde de choc.

Oui, on les tue gentiment, ne t'inquiète pas, ils ne souffrent pas, dors, ma petite fille, et puis souvent, s'ils meurent c'est parce qu'ils étaient vieux et fatigués, qu'ils en avaient assez de vivre, tu sais, alors on a simplement dû un tout petit peu les aider, sèche tes larmes.

Peut-être au fond Lisa avait-elle raison de se bercer de ces fables qui apaisent les chagrins d'enfant. Mais quand les fables ne sont pas faites pour adoucir les peines – tu vois maintenant où je veux en venir ? – ce ne sont que mensonges éhontés pour endormir les pauvres gens, tampons de chloroforme assortis de bâillons, à défaut de masques, pour les mettre hors d'état de nuire. Pitoyable mascarade, ahurissante communication, ce serait drôle s'il n'en allait de nos vies. Dormez braves gens, on s'occupe de vous, de vos aînés, inutile d'aller les voir ; dans leurs EHPAD ils sont en sécurité, ne cherchez plus à y entrer. Parfois il est préférable qu'une tragédie se joue à huis clos. Nous prenons soin d'eux. Et tous les traitements utiles leur seront administrés sans tarder, si jamais ils venaient à.

Il est vrai qu'au début, nous avons été un peu pris de court ; on ne nous avait pas tout dit, les Chinois sont cachottiers, vous savez, on ne pouvait pas deviner. Nous n'avons plus de curare, plus de masques – du reste parfaitement inutiles, voire dangereux ! – plus de médicaments, de respirateurs, plus de lits, de blouses, surblouses, gants, plus de gel hydroalcoolique, mais tout est sous contrôle, soyez sans crainte, tout va arriver, vite, très vite, au plus tôt, bientôt, très bientôt, par tonnes, par avions-cargos entiers, ponts aériens, vous entendez ?

Et sous peu nous aurons la fierté de vous administrer ces vaccins de la dernière génération, seul recours possible contre la maladie. Enfin, nous serons en mesure de vous tracer grâce à vos passeports de santé numériques, pour vous protéger doublement. En attendant, si vous êtes souffrants, restez chez vous et prenez du paracétamol. N'appelez le 15 que si vous n'arrivez plus à respirer. Et si vous ne mourez pas, dormez, dormez, vous êtes en sécurité, et nos drones flambant neufs seront là en priorité pour veiller sur vous.

Ne m'objecte plus que j'exagère ; hélas, je le voudrais bien, mais nous en sommes arrivés à ce point où les pires cauchemars d'anticipation sont venus percuter le réel.

Nous sommes en guerre, avait-il dit. Et pour joindre le geste à la parole, on installait laborieusement, en trois semaines, mais à grand renfort de communication, un hôpital de campagne de 30 lits dans l'est du pays cruellement touché. Tu mesures l'exploit et la force du symbole quand tu te souviens que les Chinois, quelques semaines auparavant, avaient construit deux hôpitaux accueillant 1 800 lits en dix jours ! Pour achever le moral des troupes, le porte-avions Charles-de-Gaulle est un jour piteusement rentré au port, écourtant sa mission, une grande partie de son équipage aux prises avec le pernicieux virus. Le fleuron de notre marine soudain devenu coquille vide, à force de déni et d'incompétence aux plus hauts niveaux de commandement. La métaphore à quai du naufrage de la France.

Au sommet de l'État, on navigue donc à vue, on délibère, on temporise. On feint de consulter et on joue l'avenir des gens à la roulette russe. On camoufle la débâcle derrière un Conseil de défense répété à l'infini, on nous perd dans sa galerie des glaces. On affûte le cynisme sur la pierre tranchante du mensonge.

Ce n'est pas un point de vue, tu sais, c'est simplement un constat, triste et accablant. Je gage que tu n'oserais me dire le contraire sans te trahir toi-même.

En attendant, on continue à dénombrer les morts. Même si tu fuis le lugubre décompte, admets qu'il est difficile d'y échapper. Chaque soir, les médias égrènent ce leitmotiv, le nombre glaçant des victimes avec une sorte d'indifférence résignée. Et à ma tristesse se mêle une rage irréductible à tous les confinements ; elle grandit même, devant le désastre des politiques qui nous ont conduits à ce chaos. Le chiffre terrifiant, devenu presque anecdotique et présenté comme une fatalité, me rappelle l'ironie de Voltaire dénonçant le cynisme des puissants face aux ravages de la guerre : « La mousquèterie ôta du meilleur des mondes environ neuf à dix mille coquins qui en infectaient la surface. La baïonnette fut aussi la raison suffisante de la mort de quelques milliers d'hommes. » Déconnecté de la tragédie et de la réalité qu'il recouvre, il enfle cependant inexorablement au fil des mois. Tu as bien dû entendre ça, toi aussi. Les 20 000 victimes constituaient « un cap symbolique et particulièrement douloureux », avait un jour noté le directeur de la Santé avec une forme d'ennui teinté de componction. Depuis, il s'est volatilisé, rattrapé par son ombre sans doute, et on a dû précipitamment ranger le pantin dans sa boîte. Mais le compteur tourne encore ; en quelques mois on est passé à 25 000, puis 30, 40, 50 000. Infernale progression ; et on essuiera les vagues successives sans qu'aucune leçon ne soit tirée de la première, jusqu'à dépasser les 100 000 et probablement 150 000 morts, tu verras. Victimes d'un virus, certes, mais aussi de l'impéritie des gouvernants qui nous ont conduits à cet effondrement. Victimes d'un grave manquement au devoir de protection et de solidarité qui leur incombe. Les soignants décrivent le terrible dilemme du tri des patients auquel ils sont confrontés faute de moyens. Alors, si *Le soin est un humanisme,* comme l'écrivait une philosophe peu avant la catastrophe, comment nommes-tu le défaut de soin ? Tu as une idée ?

Ah, tu as dû lire par-dessus mon épaule et tu me souffles maintenant que ce n'est pas de leur faute puisque c'est pareil – ou même pire – ailleurs. Voilà, je l'attendais, l'incontournable objection ! Mais nous sommes ici, où nous pensions précisément que ce n'était pas comme ailleurs, où l'on pouvait, hier encore, se croire en sécurité. Aujourd'hui, on affiche un bilan catastrophique, et ce n'est nullement une fatalité. Alors, s'il te plaît, ne te fais pas l'avocat du diable, il ne le mérite pas, et ne m'avance plus ce genre d'arguments, j'ai l'impression d'entendre un de mes enfants, revenant tout penaud du lycée avec une mauvaise note, me dire qu'untel a écopé d'un résultat pire que le sien !

Nous sommes donc sur ce champ de bataille, on nous l'a assez répété, un peu comme les soldats dans le chaos de la débâcle qui devaient pour tenter de sauver leur peau faire face à deux fronts : celui de l'ennemi, et celui du pouvoir de leur propre pays, incarné par les ordres imbéciles qui les transformaient en chair à canon. Pris en tenaille entre les deux. Enferrés nous aussi dans cette double contrainte. À devoir combattre à la fois un virus invisible, protéiforme, mutant, et ceux qui nous y auront sciemment exposés ou n'auront pas su nous en protéger. L'Histoire ne se répète pas à l'identique, bien sûr. D'autant qu'il n'y aura pas de Libération. Ceux qui échapperont à l'hécatombe devront encore en porter le fardeau des mois, des années. Comme le boucher de mon enfance, ou les pompiers emportant des corps anonymes, Sisyphe malgré eux.

Alors toi, tu te tais, devant tout cela. J'avais seulement imaginé ton objection. C'était une projection. Les modélisations, tu sais, c'est à la mode en ce moment. Tu ne dis rien. D'accord. Plus rien du tout, j'ai beau chercher. Rien. Parfois je me dis que ce n'est pas possible, qu'une telle absence au monde, un tel abandon ne te ressemblent pas, et je vais même jusqu'à m'en inquiéter, me demander ce qu'il a bien pu t'arriver.

Il faut que je t'explique : c'est en relisant ces lignes et celles qui vont suivre que me sont revenus les mots de Beckett, avec une insistance si grande que j'ai dû, toutes affaires cessantes, aller chercher le livre d'où ils étaient en train de s'échapper, déborder pour s'épancher et venir, comme un point de broderie, se faufiler entre les miens. Je les ai laissés faire, je n'avais pas le choix. Vraiment, ils se sont invités, imposés même, finissant par investir l'espace un peu au hasard. Voilà par où et comment ils sont arrivés, à défaut de dire et savoir pourquoi. Et pour ne rien te cacher, je vais te faire part d'un autre hasard auquel tu seras peut-être sensible. Pendant que j'étais en train de les inscrire, les surpiquer dans la trame de ma lettre, à la radio, ceci : *Für Alina*, d'Arvo Pärt.

« Par moments, je trouve ton attitude un peu étrange, Willie, ça ne te ressemble pas d'être cruel sans nécessité. »

Je ne franchis pas le mur étanche de ton *Plus jamais* électronique, je me suis arrangée avec l'idée de ta disparition radicale, mais elle n'a plus la même portée, la même densité. Tout de même, serait-ce trop demander que tu te manifestes ? Un signe, de très très loin ? Je ne t'invite pas à t'adresser à moi bien sûr, mais aux autres. Comme ça, je saurais que tu es encore en vie.

« Lève un doigt, mon poulet, veux-tu, si tu n'es pas tout à fait sans connaissance. (*Un temps.*) Fais ça pour moi, Willie, rien que le petit doigt, si tu n'es pas privé de sentiment. »

Parfois, un court instant, j'imagine que je pourrais trouver le moyen de te crier, comme dans ces jeux d'enfants : *Pouce !* D'accord, tu m'as lancé ces derniers mots, mais on n'imaginait pas que l'on serait confrontés à ce chaos, donc *on dit* qu'on aurait droit à une courte parenthèse, comme une sorte de joker, de permission, tu vois ? Un bref signe de vie, juste pour savoir, se donner des nouvelles.

« Oh tous les cinq, tu es un ange aujourd'hui, maintenant, je vais pouvoir continuer, d'un cœur léger. »

Mais après, je me rappelle, et le carrosse ne tarde pas à se transformer en citrouille. Lorsque je t'avais écrit le chagrin que je traversais il y a plus de deux ans, c'est précisément à ce moment-là qu'était arrivé ton message. Je me souviens à temps que tu t'en étais lavé les mains, geste prémonitoire s'il en fut, qui te donnait quelques longueurs d'avance sur les ablutions et désinfections frénétiques, tous ces rituels qui ponctuent désormais nos vies, et une solide expérience en la matière. Ne parlons même pas de la distanciation sociale dont tu avais été assez rapidement, avec un certain brio il faut bien le reconnaître, le maître incontesté et l'initiateur, passé le temps de la fusion au commencement de l'histoire. Un vrai précurseur dans l'art d'ordonner l'espace et le temps, alors que j'avais fini par tenir symboliquement et d'assez bonne grâce, dans cette répétition générale, le rôle de celle par qui le virus arrive, qu'il fallait à tout prix isoler, tenir à distance. Et cela te confère certainement un avantage non négligeable sur tous les néophytes qui du jour au lendemain, ont dû improviser et apprendre les gestes barrières. Alors d'un coup, comme par enchantement, ces pensées remettent mes pendules à l'heure, et tout va bien.

Lorsque j'ai commencé cette lettre, il me semblait que ce serait l'affaire de quelques pages, le temps de rompre le silence, et je pensais vraiment te l'envoyer, je tenais à le faire, que tu décides de la lire ou pas. Pour le geste, pour me libérer de la banquise dans laquelle je m'étais trouvée prise au piège. Je ne savais pas qu'elle me conduirait un peu en cascade mais par à-coups, de l'automne au printemps, et qui sait jusqu'à l'été, et au-delà, si l'épidémie ou tout autre aléa m'en laissent le temps, avec ces mots qui s'ajoutent, sereinement somme toute, au fil des soirs, des mois. Maintenant, à vrai dire, je ne sais plus si cela aurait un sens, ni même exactement à qui j'écris.

C'est peut-être là que le bât blesse. Un problème d'aiguillage. Une question de double identité. Je voudrais encore pouvoir parler à cet inconnu que j'avais reconnu. À cet inconnu familier. Cet homme qui m'avait aussi reconnue dans la pénombre sans savoir qui j'étais, sans me demander mes papiers. Comme Peter Ibbetson identifie infailliblement en Mary, la petite Mimsey dont il avait été séparé enfant. Et réciproquement, elle comprend que

Peter n'est autre que Pierre, auquel elle n'avait jamais cessé de penser chaque jour depuis l'enfance, après l'arrachement de son départ. Pourquoi une fois encore les images de ce vieux film me reviennent-elles en mémoire ? Combien de fois l'ai-je vu ? Combien de fois l'ai-je montré à mes élèves, faisant – et gagnant – le pari que cette histoire d'amour fou tournée en 1935 et chérie des surréalistes saurait atteindre, avec les moyens techniques d'une époque qui leur paraissait à coup sûr préhistorique, ces adolescents nourris dès leur plus jeune âge à ceux des superproductions d'aujourd'hui ?

Une question d'identité, donc, mais cet homme à qui je voudrais encore écrire ou parler a tourné les talons et m'a fait adresser ce message par cet autre qui est aussi lui, sans doute, mais que je ne connaissais pas, ou si peu. Son bras droit en quelque sorte, son homme de main, son factotum. Ou son double, son associé, son colocataire, son secrétaire, que sais-je. Enfin quelqu'un de proche. Et le plus ironique, c'est qu'il a dû se dire exactement la même chose à mon sujet, d'où son *plus jamais* sans appel. Encore un malentendu, inhérent à la vie, à ce qu'elle renferme de tragédies et de lézardes, de ruptures. Notre cygne noir. Ne pleurons pas sur lui, il nous fallait une chute, comme on dit, et il faut croire que nous la méritions puisque c'est ainsi qu'elle s'est jouée. Nous en avons été les architectes, les acteurs. À nouveau me reviennent les images du ciel si pur de *Peter Ibbetson,* qui brusquement se charge de sombres nuages venus d'on ne sait où, jusqu'à ce que tout s'écroule, que les rochers en carton-pâte eux-mêmes se détachent, roulent et volent en éclats dans un décor de fin du monde. Mais Peter et Mary affrontent ensemble le cataclysme qui va une nouvelle fois les séparer. Au fond, ils n'en finissent pas, tout au long du film, d'être ces inséparables séparés.

Il s'est passé très exactement la moitié d'une année depuis que j'ai commencé à t'écrire. Et à me lire, les coucous – puisqu'il en reste quelques-uns qui, bon gré mal gré, ont dû camper là plus longtemps que prévu, confinement oblige – songent sans doute avec un peu d'inquiétude que cela pourrait durer toujours. Mais je te – vous – rassure aussi : même si j'en ai peut-être l'air, je ne tourne pas en rond, je sais exactement ce que j'ai encore à te (lui) dire, et ce ne sera plus très long. Qui aurait pu imaginer que du 2 novembre au 2 mai, en six courts mois seulement, le temps, l'actualité, le monde auraient ainsi basculé, méconnaissables ? Que nos systèmes s'écrouleraient avec la facilité d'un château de cartes et que si tôt nous serions confrontés à un tel effondrement ?

Avec les images de fin du monde de *Peter Ibbetson,* un rêve m'est revenu, un cauchemar plutôt, fait il y a très longtemps dans mon adolescence, avec la chanson qui l'accompagnait. Comment peut-on garder le souvenir aussi précis d'un rêve ? Comment peut-il rester à ce point gravé dans la mémoire ? À l'évidence, la réponse est à chercher dans l'intensité de l'émotion, en l'occurrence de la frayeur qu'il a suscitée en nous. Et le court-métrage fabriqué par mon inconscient était d'une efficacité redoutable. En un raccourci saisissant, il m'avait projetée du bonheur à la terreur, de la vie au néant. Te l'ai-je jamais raconté ? Je ne sais plus.

C'est une journée de printemps radieux, la nature exulte de couleurs, de chants d'oiseaux, les arbres sont en fleurs, le paysage est à la fois familier et majestueux, je suis au sommet d'une petite montagne. J'en redescends à cheval, libre, en osmose avec ce qui m'entoure, et il y a cette chanson qui illustre la scène de mon western onirique, comme en off, ou montant de la vallée, mais qui résonne dans tout l'espace. La voix, joyeuse, est accompagnée par des notes de banjo et guitare. Je me laisse porter par la mélodie, les pas précautionneux du cheval sur le sentier caillouteux, le grincement léger de la selle de cuir, les paroles, le décor idyllique, *elle descend de la montagne à cheval*… je suis une jeune fille heureuse, dans quelques minutes j'arriverai à la maison, ou à la cabane de trappeur près de la rivière qui serpente dans la vallée entre les rochers, je vais y retrouver les miens, c'est très simple mais merveilleux, mon cœur en est empli de joie.

Soudain il y a cette déflagration terrible qui fait gronder, trembler la terre et résonne au plus profond de mon être. En un instant tout vole en éclats, me souffle littéralement, tout est balayé et moi avec. Ça ne dure que quelques secondes, j'ai juste le temps d'apercevoir au loin, avant de disparaître, le nuage, le champignon monstrueux de l'explosion. Il n'y a plus rien, plus âme qui vive.

Travelling sur un paysage calciné, tout en noir et blanc, plus de ciel bleu, de soleil, une chape de plomb. Des rideaux de fumée enveloppent tout, plus d'arbres en fleurs, de couleurs, quelques troncs brûlés se dressent dans ce chaos, plus de printemps, plus de maison ou de cabane en rondins au bas de la colline, plus trace de la jeune cavalière et son cheval. À perte de vue, tout est recouvert de cendres encore fumantes. Puis cette dernière image avant mon réveil en sursaut, palpitante, chair de poule de la tête aux pieds, claquant des dents, cette dernière image donc, ironique point final. Mon inconscient avait le sens de l'humour noir et de la concision : un gros plan sur un journal ; un quotidien de la presse écrite, mais lequel ? Le rêve le précisait-il ? Sur ce point la mémoire s'est effacée. *L'Humanité ?* Ou simplement un journal anonyme, comme un vestige emblématique, un objet usuel du monde d'avant. Il cache en partie le paysage dévasté en arrière-plan, avec ce grand titre au-dessus de nombreux articles détaillant probablement le déroulement de la catastrophe, mais dont l'écriture est trop petite pour être lisible, ce titre qui saute aux yeux (mais qui voit, qui regarde puisque j'ai été pulvérisée ?) :

LA FIN DU MONDE

Des photos en noir et blanc accompagnant les articles reproduisent en modèle réduit le paysage partiellement masqué par le journal, dans une mise en abyme qui scelle radicalement le dénouement. Il m'avait fallu beaucoup de temps pour émerger de ce terrible cauchemar. Pour me rendre compte que c'était un mauvais rêve, que j'étais encore vivante et que le printemps, la nature, les chants des oiseaux, les bourdonnements des abeilles sur les fleurs, la maison au bas de la colline étaient bel et bien encore là. Mais que signifiait l'irruption de ce rêve dans ma jeune existence ? C'était loin d'être le premier avertissement. Très tôt, à l'âge supposé de l'insouciance, j'avais eu conscience d'être mortelle. Que disait ce cauchemar unique, singulier (par opposition à d'autres opiniâtres, récurrents) ? Était-ce déjà une prescience du chaos planétaire annoncé ? Les menaces, il y a plusieurs décennies, existaient déjà et la grande terreur bien légitime se concentrait sur le péril atomique mis en scène dans mon scénario-catastrophe. La vision du lieu où tout se dérobe, bascule, s'effondre, de la grande fracture universelle qui rôde, se rapproche et nous attend, ou une étonnante prémonition de notre minuscule désastre à venir ?

Tu es toujours là ? Tu n'es toujours pas là ? Rien à dire non plus à ce sujet ? Comment se remet-on d'une frayeur qui vous fait toucher de si près un obscur point de non-retour, la possibilité du néant, l'ombre portée de cette connaissance-là ? Tu le sais, toi ? Je n'en étais pas sortie indemne, mais je me suis construite, à l'instar des animaux, dans cette conscience du danger, de la présence cachée d'une menace pouvant surgir à tout instant. Après tout, ce n'était qu'un rêve, la réalité me rappelait à l'évidence de la vie. Mon quotidien contre l'implacable quotidien de presse titrant l'innommable. Cependant la présence du journal, tout absurde qu'elle fût dans ce contexte de désolation, représentait une forme d'espoir, l'idée que quelque chose pouvait survivre au pire cataclysme planétaire. Mais la Révélation, le dévoilement inhérents à l'apocalypse, tressés dans son étymologie, restaient dans ce cas bien terre à terre et ne renvoyaient à aucune autre sphère céleste ou spirituelle, à un au-delà possible vers lequel s'envoler. C'était comme un retour brutal à la case départ, à un réel sans issue.

Une initiation ratée. L'expérience du Grand-Rien, ou de *Wakinyan,* l'oiseau-tonnerre chez les Sioux Lakotas, au lieu de celle du Créateur, parfois nommé Grand Mystère, *Wakan Tanka.* Comme celle du gigantesque Esprit du Loup, *Amarok,* ou de *Nanuq,* maître des ours polaires chez les Inuits, parce que je ne méritais pas de les rencontrer, ou seulement parce que j'en avais très peur. *Nous ne croyons pas, nous avons peur*… J'aurais pu reprendre à mon compte cette phrase prononcée par Aua, chaman et guide inuit de l'explorateur Rasmussen, à l'aube du siècle dernier. La crainte d'un danger vient probablement de ce que ces entités ne sont adverses qu'en apparence ; le chaos est à l'origine du monde autant que l'Apocalypse porte en elle une révélation.

Si dans ma géographie personnelle, comme tu le sais, l'Arctique et l'Ouest Lointain constituaient les lieux frontaliers, interdépendants, presque interchangeables de mes mythologies enfantines, mon inconscient avait cette fois et sans ambiguïté, sans en démordre un seul instant, élu domicile dans l'Ouest tout au long du cauchemar. Donc, en revenant à *Wakan Tanka,* ou encore *Tunkashila,* Grand Esprit, je découvre son sens littéral Esprit-Grand-Père – quelle incroyable coïncidence – qui me donne une clé possible du rêve, si longtemps après, en résonnance avec les paroles de la chanson.

Elle embrasse son grand-père en descendant,
Elle embrasse son grand-père en descendant,
Elle embrasse son grand-père,
Elle embrasse son grand-père,
Elle embrasse son grand-père en descendant

Comme un élan brisé vers la spiritualité incarnée par le grand-père. Elle n'arrive jamais vers lui, dans mon rêve, pour l'embrasser. En travers de son chemin, c'est l'oiseau-tonnerre qu'elle rencontre, et sa fureur est sans limite.

Comment pouvais-tu imaginer qu'un cataclysme se préparait en entendant ce refrain, comment voulais-tu t'en douter un seul instant ?

Singing I, I, Yupee, Youpee I,
Singing I, I Yupee, Youpee I,
Singing I, I Yupee, I, I Yupee,
I, I Yupee Yupee, I

Franchement, ce n'était pas possible. Toi aussi tu aurais été soufflé, comme moi. Une fois encore, pas le temps dire ouf. Le rêve de Far-West avait tourné court, et de la pire façon. L'absolu en mille morceaux. Tu ne peux pas tout avoir. Tu ne peux pas tout être. Il faudra que tu choisisses, dans la vie, jeune fille. C'est l'un ou l'autre. Tu es une enfant d'homme pâle ; tu ne peux pas être une squaw. Et si par le hasard des grands chemins de la vie, tu le deviens, plus de retour en arrière possible. C'est comme ça. Sinon tout explose. Aussi simple que ça.

Te rappelles-tu cet après-midi d'été où nous avions fui la chaleur et trouvé refuge entre les murs épais d'une vieille maison, dans un village de Provence ? Des effluves de glycine arrivaient jusqu'à nous par les persiennes entrouvertes au-dessus de la tonnelle. Dans le silence, je t'avais lu l'histoire de *Jemmy,* marginale *Fille du Feu,* souvent oubliée dans l'œuvre de Nerval. Entre deux mondes, deux existences. Il y a ce moment où elle se trouve d'abord arrachée, enlevée à sa vie, brusquement privée de ses racines. Quand des années après elle parvient à s'échapper de la tribu indienne qui la tenait captive, au prix d'un long voyage de souffrances, elle arrive et comprend qu'elle n'est plus *personne,* plus de nulle part. Dans ce *no woman's land* déchirant. Elle croyait rentrer chez elle, revenir d'une si longue absence et ce n'est plus chez elle. Elle descend de la montagne à cheval et trouve son bien-aimé remarié, à la tête d'une marmaille. N'est plus d'aucun territoire, d'aucune famille. Pour avoir imprudemment et trop joué au cow-boy et à la squaw, à gommer les frontières. Ardente, rebelle. La plus flamboyante et libre de toutes, la plus malheureuse aussi. Et sa destinée littéraire aussi triste que son destin de personnage, même si elle finit dans l'histoire par sauver les meubles. Injustement oubliée, délaissée, considérée comme une parenthèse dans le recueil de Nerval, une imitation, puisque librement traduite de l'allemand et réécrite par lui, le Ténébreux, l'Inconsolé. Alors qu'elle est de la même étoffe, comme chaque nouvelle de son recueil, un minutieux travail de broderie et de collages, de superpositions et de variations. Ils sont presque tous passés à côté. Comme un seul homme. Comme un homme seul. Pour couronner le tout, Incompris, aussi, son auteur. Le déclassé, *Le Desdichado,* Le Prince d'Aquitaine à la Tour abolie, le sans-domicile-fixe, le va-nu-pieds, le fou, le Van Gogh de la littérature. À cette différence près que son œuvre ne connaîtra pas la même consécration posthume.

Ça nous touche tous les deux, ces histoires-là, où il est question d'écriture et d'abandon, de rendez-vous de la vie manqués. De désaffection. De personnages en perte de repères, d'équilibre. Qui ne trouvent jamais leur place. Et mon inconscient était venu te servir cette histoire sur un plateau, dans la touffeur de l'été provençal. Je ne sais pas si nous avions perçu à ce moment-là ce qu'elle disait aussi de nous, de notre *nous* fusionnel, arythmique et bancal. L'histoire de l'histoire. On le connaît bien, ce chagrin-là. Ça doit venir du fond de nos enfances, on ne sait pas exactement pourquoi ni comment, et c'est probablement pour toutes ces raisons que nous nous sommes trouvés mais aussi perdus.

Et pourtant nous en sommes là, maintenant, à ce Grand-Rien, à ce rendez-vous manqué, cette apocalypse privée de toute autre révélation que ce constat-là.

Mais il faut tordre le cou à la mélancolie, on n'est pas là pour ça, n'est-ce pas ? On va s'y employer, chers coucous, venez avec moi.

Il s'agit d'abord de lire quelques vers d'un poète anglais nommé Wordsworth, incroyable nom-totem qui trace au berceau un destin avec la même force que les prénoms chamaniques donnés aux nouveau-nés dans les tribus indiennes : *Valeur-des-mots*. Ou *Mots-Précieux*. Si puissante est l'énergie du nom que sa sœur naît aussi poétesse. Ils vivront ensemble, d'ailleurs, ne se sépareront jamais, même après le mariage de William. Jumeaux d'écriture. Dorothy Mae Ann raconte dans son journal leurs longues promenades dans la nature, elle dit aussi que son frère était pris de véritables transes poétiques, son écriture prenant sa source au plus profond de ses émotions. Elle traversait son corps et le secouait de spasmes avant de trouver son chemin de mots et le laisser épuisé sur le rivage.

Donc, le poème en question, c'est *Splendour in the grass*. Intraduisible, sauf à trahir ce titre incandescent. Et le titre du recueil somptueux comme une étoffe rare, à caresser, écouter sonner d'abord dans la langue de Shakespeare : *Ode on Intimations of Immortality from Recollections of Early Childhood.* Ode au sentiment d'immortalité venu des souvenirs de l'enfance...

Puis ces mots du poème :

Though nothing can bring back the Hour
Of splendor in the grass, of glory in the flower;
We will grieve not, rather find
Strength in what remains behind

Même si rien ne peut ramener l'Heure
De la splendeur dans l'herbe, de la gloire dans la fleur ;
Nous ne nous affligerons pas, mais trouverons plutôt
Une force dans ce qui en subsiste.

Je t'épargne la requête qui va suivre, elle ne s'adresse pas à toi. Inutile de t'inviter à emprunter des chemins depuis longtemps par toi désertés. Je n'attends plus rien. Voilà, tais-toi, c'est parfait. Continue à te taire.

C'est à vous, les coucous, que je demande une faveur. Mettez votre lecture sur pause, et tapez ces mots sur la barre de votre moteur de recherche, à la rubrique vidéos : *Splendor in the grass,* William Wordsworth. Et accordez-moi 3 minutes 59 de votre temps pour regarder la scène où Natalie Wood, Deanie dans le film, lit l'extrait de ce poème en classe à la demande de son professeur. Ce moment déchirant que je ne peux regarder sans pleurer, cette scène d'illusions et d'amour perdus. C'est juste après la Trahison, la Rupture, juste avant sa grande rupture à elle, qui va secouer tout son être et la conduire jusqu'à l'enfermement de longs mois, aux confins de la folie. En plein milieu de la Grande Rupture de 1929, du grand krach, du grand effondrement. Allez-y, je vous en prie. Regardez, écoutez.

Elle va en revenir des années après, diaphane, légère, si fragile. Comme une fine tasse de porcelaine dans le soleil dont on aurait recollé les morceaux et dont on verrait par transparence les lignes brisées, ou comme un petit papillon d'un jour dans la lumière d'été retrouvée. Comme Jemmy, se présenter sur le seuil d'une maison qui aurait pu être la sienne et ne le serait jamais. Comme la jeune fille que j'étais dans ce rêve, et qui ne peut, ne pourra jamais arriver jusqu'à sa maison. Faisant face au vide, au néant, à ce qui se dérobe, le prenant en pleine figure. Brisées mais vivantes. Survivant à l'apocalypse, à l'insoutenable révélation.

À quelle révélation l'apocalypse qui vient nous conduira-t-elle ? Peut-on imaginer que cette grande pandémie nous dévoilera une vérité assez puissante pour devenir universelle ? L'espoir en est bien mince. Chagrin d'enfance en pensant que tout va recommencer, la course folle, la fuite en avant, la consommation effrénée, le déni de réalité, la planète asphyxiée, les millions de camions, de voitures, d'avions, d'usines, les continents de plastique dérivant, toutes voiles dehors. Quelques semaines, on aura pu voir l'envers du décor, le monde à l'envers. Un temps trop bref l'enfermement nous a libérés, ouvert d'autres mondes, d'autres possibles, fait entrevoir le piège de la liberté, toutes les chausse-trappes qu'elle contient. Tu auras perçu cela, toi aussi, inévitablement. Dans le fond, c'est déjà beaucoup, comme révélation.

Tout à l'heure, à la radio, il était question de 68 et des années qui ont suivi. De ces intellectuels engagés, hommes et femmes, auteurs dans la lignée de Simone Weil découvrant le terrible double sens du *travail à la chaîne*, l'aliénation de l'homme perdant peu à peu son humanité et sa capacité de penser, englouti par les milliers de gestes répétés jusqu'à en devenir soi-même machine, robot enchaîné privé de sa propre existence. Bref tu connais, nous connaissons tous. De leur désir de s'engager ainsi aux côtés de ce que l'on appelait autrefois la classe ouvrière, du temps où les mots et les actes avaient encore une signification. De vivre dans leur corps cette perte d'identité, de sens, de conscience que produisaient en eux l'usine, le travail automatisé. En écoutant je me disais que finalement, malgré les souffrances de cette aliénation, le monde extérieur était à l'époque encore habitable quand on sortait de l'usine.

Aujourd'hui, c'est bien différent. Nous ne connaîtrons ni Libération ni répit après ce drôle de cauchemar, parce que notre confinement est d'une autre nature, bien plus étendu que le périmètre de l'atelier d'assemblage. Il est infini. *Ad vitam aeternam* et à ciel ouvert, et ce n'est sûrement pas toi qui me contrediras sur ce point.

Il n'y aura pas « de monde d'après » comme on a voulu nous le faire croire, nous le vendre. Souvent des bribes de cette chanson me trottent dans la tête… « Il n'y a plus d'après… ce ne sera plus toi, ce ne sera plus moi, il n'y a plus d'autrefois... »

Ce ne sera plus toi, ce ne sera plus moi, la chose est entendue. Lettre morte mes mots, les tiens, nos années-lumière, nos mondes parallèles. À la trappe, pris à leur propre piège, ou retenus dans l'immense toile des songes, comme dans un invisible attrape-rêves indien tendu entre les étoiles. Scintillant dans leur néant. Mais peut-être est-ce le plus beau tombeau qu'on pouvait leur faire. Les rendre à leur abstraction première. Dissous dans l'incessant brouhaha, ou plutôt soustraits à lui. À ces vibrations, ces bruissements, crécelles ou cigales impénitentes qui envahissent nos vies. Ces millions de mots, tweets, sms, publications, notifications, commentaires qui s'inscrivent sur nos tablettes, impriment fugacement nos espaces intérieurs avant de s'effacer sur le palimpseste de notre mémoire trouée, de disparaître pour laisser immédiatement la place à d'autres milliers d'informations, de données, mots à leur tour aussitôt oubliés. Comme pour nous éprouver. Sonder ce que l'homme peut absorber chaque jour, ce qu'il peut engloutir de données ineptes par écran interposé, jusqu'à quel point éponge, jusqu'à quel point de nausée ou de plus soif. Pour évaluer sa résilience, sa plasticité, sa perméabilité, sa capacité à tout avaler, encaisser. Et pourtant de l'hystérie, la folle inflation de communication, du voyeurisme, de la vulgarité, la course à l'échalote de bons mots, des paroles publiques assassines qui envahissent nos sphères privées, les aspirent, s'instillent en nous comme un poison, un puissant psychotrope jusqu'à nous faire perdre pied et en oublier le réel, de tout ce grand brassage numérique qui engloutit notre temps, naissent parfois l'émotion ou la grâce.

Et c'est de cela que j'ai encore à te parler. Disons que si la lettre que je t'écris était un alphabet, nous en arriverions au Y, comme la génération du même nom. Je ne te convaincrai pas, ne me justifierai pas non plus, mais je veux à ma façon riposter, répondre à ton dépit, ton accablement courroucé lorsque tu avais noté, aux hallalis de l'histoire, que je m'étais mise à fréquenter ces lieux de perdition que représentent pour toi les *rézosociaux,* ce en quoi je t'accorde que tu n'as pas tout à fait tort. Et il faut bien prononcer ces deux mots en un, comme tu ne manquais pas de le faire en sifflant ton mépris dans cette triple allitération, en modulant à merveille, je dois l'avouer, les fricatives alvéolaires sourdes ou voisées, non sans me lancer un regard consterné pour bien signifier ta réprobation.

Finalement, le grand théâtre, la scène ouverte de ces réseaux ne sont qu'un reflet de notre monde. Quelle différence entre la vraie vie et sa représentation virtuelle ? Laquelle a plus de valeur que l'autre ? Lequel de ces deux leurres vaudrait mieux que l'autre ? Le microcosme à l'image du réel ou le réel lui-même ? Laquelle plus habitable, la caverne avec ses ombres portées ou la réalité extérieure dans sa lumière crue ? Mais il ne faut pas choisir entre les deux, elles s'accordent, tout comme la lecture avec le quotidien, l'écriture avec la langue parlée…

Non, tu ne vas pas recommencer avec ça !

Tes comparaisons ! Mettre au même plan l'art, la culture et l'inculture ambiante… Insupportable !

Arrêt sur image, ton air excédé, accablé, sourcils froncés, rapprochant et creusant entre eux la double barre verticale de rides. Tes yeux qui lancent des éclairs. Tu es très fort pour ça, tu réussis même à faire virer le bleu au noir. Je t'imagine comme si j'y étais, mais on rembobine à nouveau.

Je n'y suis plus, et toi non plus. Pourtant je vais te dire ce que tu as toujours voulu ignorer, ce que sont aussi ces *rézosociaux,* au-delà de toutes les outrances, les stupidités, la violence, les horreurs, ou la vanité qu'ils engendrent. Je mesure l'absurdité que peut représenter pour toi cette improbable agora, ce vaisseau fantôme aux millions de passagers embarqués, glissant sur des eaux noires ou troubles vers une mystérieuse destination, cet immense forum, ou festival d'ego où se jouent non-stop toutes sortes de spectacles, drames, comédies, tragédies aux quatre coins du monde. Où l'on peut se contenter de regarder, d'être spectateur ou voyeur de l'autre côté du miroir sans tain, laisser défiler les images, les vidéos, mais où l'on se donne parfois aussi l'illusion d'être actrice, acteur, de mille façons.

Je sais quel non-sens représente pour toi l'idée d'avoir des amis, parfois de très nombreux amis, des centaines, des milliers d'amis qui n'en sont pas en réalité et que l'on ne rencontrera probablement jamais (note que je me contente d'*amis* et pas de *followers,* comme certaines âmes égarées). Mais songerais-tu à reprocher à un chien d'éprouver un vif intérêt, lors de sa promenade quotidienne, à sentir les odeurs et les traces laissées sur son passage par les congénères qui l'ont précédé ? Certes, il éprouvera des sensations et émotions intenses à les rencontrer en chair et en os au détour d'un sentier, d'une rue. Mais aucun de ces deux modes relationnels n'exclut l'autre, et si d'aventure les hasards de la promenade ne le mettaient pas en situation de croiser d'autres chiens, il n'en apprécierait pas moins le plaisir de la sortie, le jeu de piste qu'elle constitue, et rentrerait au bercail plein de tous les signes glanés chemin faisant, non sans avoir également apporté sa contribution active à cette incessante communication ! Avec les réseaux sociaux, nous avons finalement inventé – ou réinventé – ce que les animaux font d'instinct et que nos ancêtres devaient faire aussi du fond des âges. Un mode d'échange profondément archaïque. Laisser des traces mais aussi lire celles des autres, les flairer, les analyser, les apprécier ou les détester. Savoir qui a dit, fait ceci ou cela, si l'odeur est agréable ou pas, si on est en présence d'un danger ou au contraire en sécurité, d'où viennent ces messages, qui a pu les prononcer, les écrire, si c'est un ami ou un ennemi potentiel. Et ponctuer – ou pas – les échantillons laissés par nos semblables de différentes appréciations plus ou moins enthousiastes ou réprobatrices.

Certes, du temps perdu, des palabres vaines ou scandaleuses dans ce monde parallèle qui grignote le vrai. Mais au-delà, et en dépit même du cynisme de ses initiateurs, quelque chose existe qu'ils n'avaient probablement pas prévu et pourrait même, sinon se retourner contre eux, du moins s'avérer plus fort que les souricières numériques qu'ils ont conçues. Quelque chose donc, vaut peut-être la peine. Une fourmilière d'informations, d'articles, d'œuvres, infini réservoir de découvertes, de rencontres. De partages. Bien sûr, il faut trier, jeter, mais aussi sentir ce qui vaut d'être approché, ce qui est donné avec générosité, sans calcul, sans autre intérêt ou attente qu'un petit signe de reconnaissance. Imagine-toi cette cour des miracles, vraiment. Une cour intérieure dont les quatre côtés seraient constitués de façades d'immeuble, avec une multitude de balcons, fenêtres, seules ouvertures possibles sur les coulisses, le secret des appartements, et leurs occupants venant régulièrement s'exprimer, se parler, s'apostropher, prendre le frais ou des nouvelles de leurs voisins, amis, se faire signe, chanter même parfois, partager. Une cour résonnant de toutes ces interactions, une ruche bruissant de mots, notes, conversations ; synergie de tant de singularités, de tant d'heurs et de malheurs. Et chaque jour, on se met à la fenêtre, on écoute, regarde, se répond, tourne les talons, on s'agace, s'enthousiasme, s'amuse, s'attriste, s'émeut. Ce sont mes amis lointains, vrais ou virtuels mais d'égales présence et réalité. Parfois beaucoup de monde aux heures de pointe, parfois, quelques petites lumières encore à trois ou quatre fenêtres au cœur de la nuit. Mais toujours quelqu'un, âme qui vive. Il y a les indignés et les poètes, les fous et les imbéciles, les aigris, les sages et les révoltés, les artistes, les envieux et les généreux, les permanents et les intermittents, les discrets et les ostentatoires, les fragiles et les durs à cuire, les égoïstes et les solidaires. De loin tu ne saisis rien d'autre qu'un tohu-bohu informe, assourdi. Il faut te rapprocher, accepter de zoomer un peu sur ce lieu où l'on s'agite et s'interpelle pour voir qui est là, au balcon, qui prend forme, quelles voix ou échos, quelles présences se manifestent.

Je ne te ferai pas toute la distribution ou la galerie de portraits, je peux juste évoquer quelques-unes de ces présences qui comptent sans que je n'attende rien d'elles, mais que j'aime croiser presque chaque jour.

Teresa et les instantanés de ses balades au bord de la mer avec son chien, dans les dunes ou sur les grandes plages du Pas-de-Calais, en osmose avec la nature dont elle s'émerveille avec une ferveur d'adolescente. Et tout aussi quotidiens et enflammés, ses coups de gueule politiques sans doute venus des tréfonds de la mine où travaillait son père.

Lali dans sa cité HLM, fragile-forte et solidaire, militante de toutes les égalités, contre toutes les injustices, qui aime autant qu'elle a besoin d'être aimée, appelle à l'aide pour les autres, tous les autres, les animaux abandonnés ou martyrs, les laissés-pour-compte de la société et dans son cri parfois désarmant de maladresse mais si touchant et vrai, on sent le fond d'une détresse. Elle disparaît parfois longtemps, quand la vie est trop dure, avec un sens inné de la mise en scène, laissant un message énigmatique et ses nombreux *amis* très inquiets, pour revenir quelques semaines après comme par miracle soudain ressuscitée, sexy, souriante malgré la douleur, admirable de résilience funambule ; un personnage, un tempérament.

Bernard et ses belles photographies de spectacle vivant, des ruelles ou des plages de Sète. Son humour, son regard précis sur les agitations du monde, son mystère et sa sérénité. Apparemment souvent à sa fenêtre la nuit – probablement plus insomniaque encore que je ne le suis – son silence entre les mots.

Beaucoup d'amis ombres furtives, énigmatiques voire taiseux, comme dans la vie, dont je sais peu mais dont j'aime les ellipses, la sobriété.

François et les images lumineuses de ses créations, comme arrachées au néant, où chevaux et humains font corps en noir et blanc dans une même énigme.

Mark, un Sempé d'outre-Atlantique, quelque part au fin fond de l'Amérique profonde, ses publications traduisent une partie émergée de son iceberg, entre le talent de ses dessins d'humour délicats, espiègles, et les prises de vue sensibles de ses promenades naturalistes au fil des saisons. Je sentais une douleur invisible en contrepoint ; elle est apparue dans un commentaire l'autre jour et comme par effraction. Il répondait à quelqu'un en disant qu'il n'avait pas souri depuis longtemps.

Ananda, ponctuant les jours de ses mots, sa générosité, son authenticité. Elle écrit sans narcissisme, sans vanité et donne aussi beaucoup à voir, écouter, lire des autres. Aime et partage le beau. Sinon, s'indigne de l'abjection, des compromissions politiques, du mal fait aux animaux, à la vie.

Et parfois, tu sais, il y a des coups de tonnerre. Un *ami* inconnu dans la vie réelle, musicien, photographe de talent, qui ne se manifestait jamais que par ses images exceptionnelles, en particulier d'oiseaux, des vidéos de ses concerts et quelques crochets du gauche bien ajustés en direction du pouvoir, ne laissant rien filtrer de lui, brusquement un jour se dévoile et dans le même temps explose en plein vol. Il vient de perdre son âme-sœur, sa compagne, son amour. Celles et ceux qui suivent comme moi ses publications sans le connaître, découvrent son existence au moment où elle disparaît, où l'on apprend sa mort. Avec les images d'elle qu'il tenait jusqu'alors secrètes, les photos de leur bonheur soudain arraché, sa beauté, son sourire, les rayons de sa chevelure au soleil, sa fine silhouette à contre-jour, il projette sa souffrance dans la lumière crue, nous la montre dans la brutalité et la violence qui le submergent. Sa vie privée, littéralement. Sa vie privée qu'il peut exposer désormais, puisqu'elle n'est plus. Le double sens des termes résonne cruellement, parfois. Pendant des semaines, il se passe rarement un jour où je ne pense à elle, à eux que je ne connaissais pas, à lui, Bob, que je ne connaîtrai jamais, qui crie son désespoir, se révolte, à ce malheur qui les a frappés, qui a ravi cet amour, cette femme-là, cette flamme-là, si rayonnante et pour cause, son métier était d'éclairer, de faire surgir la lumière du néant des plateaux de théâtre, de l'obscurité des scènes de concert, de sublimer les mouvements, les formes, les sons, la vie. De faire rêver, de transcender, métamorphoser, donner…

Là c'est sûr, tu me coupes. « L'œil était dans la tombe et regardait Caïn. » Sévère, l'œil. Indigné, qui lance encore ses fameux éclairs. Totale réprobation qui le dispute à une forme de mépris.

Tu ne trouves pas cela ridicule ? Alors, voilà à quoi tu t'occupes. À perdre ton temps et accessoirement imaginer porter toute la tristesse du monde ! Tu crois vraiment que cela a un sens ? Cette sensiblerie ! (Vous noterez au passage les allitérations en S, en mode serpent à sonnette, les coucous, pour avoir une idée du ton sur lequel il s'adresse à moi.) Qu'il n'y a pas autre chose à faire que de se mobiliser pour des gens que tu ne connais pas, qui ne sont rien pour toi, que tu ne rencontreras jamais ? On marche sur la tête ! Ce n'est même pas un ami !

Pour le coup, moi, je ne lève pas les yeux au ciel, je regarde plutôt le bout de mes chaussures, un peu accablée par ces paroles. Je voudrais te répondre cela n'a pas d'importance, c'est quand même un ami. Une sorte d'ami. Mais comme dans les cauchemars, j'essaie d'articuler et les mots ne sortent pas. Puis, sans crier gare, une voix vient à ma rescousse et te lance : « Rappelle-toi que nous ne souffrons pas pour nous-mêmes mais à cause de la douleur du monde offensé. » L'ombre d'un coucou, peut-être, qui aurait à son tour rompu le pacte de silence, n'y tenant plus, et lecteur de Vittorini et son étonnante *Conversation en Sicile,* se serait soudainement métamorphosé en pigeon voyageur. À moins que je n'aie moi-même formé une fraction de seconde ce rêve paradoxal d'un messager venu à tire-d'aile réparer le fil rompu, volant en droite ligne dans l'azur, gommant entre nous temps et distances pour restaurer les mots abolis, étouffés, ensevelis. Alors je lui renvoie la balle, puisant à la même source que lui, et puisqu'il se trouve là, manifestement prêt à rendre service, je lui glisse cette réplique pour toi : « Dis-lui que je souffre mais que j'écris, et que j'écris sur toutes les offenses, une par une, et aussi sur tous les visages offensants qui rient des offenses accomplies ou à accomplir. »

Pourquoi être parfois si bouleversée par un monde virtuel ? Tu me diras encore que c'est une monstruosité des réseaux sociaux de tout amplifier ainsi, et un dysfonctionnement de l'âme que de compatir aux souffrances d'autrui à travers le prisme déformé de cette chambre d'écho. Pourtant je revendique cette fraternité sans objet, cette appartenance au grand Tout que nous formons par-delà l'espace et le temps. *Miserere nobis. La mort de tout homme me diminue*… J'égrène si souvent comme une prière les mots du mantra paternel… *parce que j'appartiens au genre humain*… Cela ne tombe pas dans l'oreille d'un sourd, et le coucou-messager en renfort, te lance au vol le cri médiéval qui a traversé les siècles : « Frères humains…Si frères vous clamons, pas n'en devez avoir dédain… Mais priez Dieu que tous nous veuille absoudre ! »

Te présenter un autre de ces frères humains qui me touche et que je ne connais que par ses publications. J'avais tout de suite saisi d'évidentes incompatibilités, mais je suis quand même allée voir. Les situations virtuelles donnent l'opportunité de la tolérance. Elles en sont même l'école, pour qui sait la saisir.

Yves. Il écrit. Une seconde nature pour lui, cette écriture chevillée au corps. Un sang d'encre. Sa musique de mots à lui, c'est la bande-son qui accompagne sa vie. Il évoque ses amours perdues, son chagrin, ses échecs, son attachement à la chanson, ses indignations. Il parle de sa passion pour la corrida, aussi forte que l'aversion que j'en conçois. Pourtant, quelque chose me fait passer outre. Son acuité politique, poétique, ses mots en espèces sonnantes et trébuchantes, son orthographe provocatrice, sa ponctuation arythmique, son refus du bon usage. Je suis sûre que tout cela te parlerait. Son malheur chronique, ses désaccords parfaits, son bonheur par à-coups, souvent grâce aux deux enfants artistes, belles âmes, lutins présents à distance, anges gardiens de sa poésie, remparts à sa folie. Ses excès. Il est trop drôle, trop désespéré, trop heureux, trop centré sur lui, trop tout. Un ogre mélancolique invétéré. Un ogre au risque de se dévorer lui-même dans un moment d'inattention. Cela peut agacer parfois, d'aucuns diraient frôler l'hystérie, et pourtant, ça passe. Il n'a pas d'autre mesure, en apparence pas d'autre à-venir que ses élégies au jour le jour. Sa métrique d'écriture : une colonne d'air, pulsation de vie. Sans elle il s'effondrerait probablement. Sa page Facebook, c'est son journal de bord, son ouvroir de littérature, son atelier d'artiste. Une poétique de la vie quotidienne. Il partage ce qu'il vient d'écrire, nous livre l'écriture dans son surgissement, son instantanéité, avec ses imperfections. Partage inlassablement. Ne se passe pas du regard et de la présence des autres, de ses proches lointains dont je ne suis pas. Il les interpelle, les prend à témoin. Le besoin si humain d'être aimé et d'aimer démultiplié chez lui. Se met en scène, lit des textes, les siens mais aussi ceux d'auteurs qu'il chérit, avec générosité. Une figure néoromantique en mode 2021 et 2.0. Il n'oublie pas d'où il vient, part de la vie de tous les jours, dans sa simplicité, sa crudité. Au fil des mois, des années, on suit pas à pas la lente dégringolade de celle qu'il appelle tendrement *la vieille dame,* sa mère. Il se fait scribe de leurs conversations, leurs dialogues, les transcrit scrupuleusement. Fait résonner ses mots à elle. Retient, fixe ses paroles, les empêche de s'envoler. Les inscrit dans le marbre. Donne gravité à leur légèreté, sens à leur innocence. Consigne méticuleusement jusqu'à ses lettres par lui adressées à l'office de gestion du HLM de sa mère qui lui réclame indûment de l'argent. Procès-verbal en flagrant délit de poésie intacte sur fond d'injustice sociale. La cruauté aveugle des tenants du pouvoir ou de leurs mornes assesseurs saute aux yeux, sans que le motif lyrique ne cède un pouce de terrain. Les mots du quotidien par la petite porte entrent en littérature. Et en grande émotion nous, ses *amis,* les recevons. Il se tient au plus près de leur vérité, leurs désaccords ancestraux à tous les deux, leurs pierres d'achoppement, ne dissimule pas. Dans cette autobiographie en « direct live », le chagrin intarissable comme les mots se noie dans l'ironie amère. Il joue avec eux, *muletas* claquant au vent, avec son nom, ceux des autres, les titres potentiels de ses œuvres en devenir, il les brandit sous notre nez, éprouve, provoque, torée, au centre de l'arène, et l'écriture devient question de vie ou de mort.

Te présenter aussi une amie qui m'est chère et que je ne connais pas. Jamais rencontrée dans la vraie vie. Ce n'est pas la peine de me regarder de travers, c'est ainsi. J'essaie juste de te dire que ce fossé qui s'était creusé quand tu m'avais vue entrer dans ce monde parallèle n'en est certainement pas un, qu'il ne s'agit pas de ce que tu crois. Pourquoi, me diras-tu – ou plutôt ne me diras-tu pas – chercher à me justifier devant une porte fermée à double tour ? Pour rien, vois-tu. Pour aller au bout, probablement.

Donc, Micaëla. Je ne sais plus de quel côté elle est arrivée. Si je l'ai invitée à devenir mon amie ou si c'est elle. *Demandée en amie,* comme disent souvent les usagers de ce réseau, avec ces mots de l'enfance. Nos racines corses communes, peut-être, nous ont rapprochées. Et une façon de voir le monde. Une sensibilité, disons. Elle ne se livre pas facilement. Altière mais bienveillante, contre vents et marées. Parfois, comme cela peut arriver dans ce monde parallèle, à l'instar du nôtre, les gens sont lâches et se déchaînent seulement parce qu'ils se croient hors d'atteinte, un peu comme ces chiens qui aboient furieusement derrière un grillage quand passe un de leurs congénères. Tu ouvres le portail et se trouvant nez à nez avec l'ennemi supposé, ils changent immédiatement de ton ! Eh bien les coups bas, les attaques perverses de quelques roquets – ou roquettes – ne semblent pas l'atteindre, ne la départent pas de cette tranquillité qui les rend fous. De cette sérénité subversive. Elle porte en elle quelque chose de la fierté des femmes insulaires, un héritage maternel. Une existence de chant lyrique et de théâtre. Et puis, au début de la vie confinée, elle se met à écrire, au jour le jour, et publie quotidiennement le journal de ses balades, hors du temps et des sentiers battus, dans ce Paris figé de l'épidémie. J'attends tous les soirs avec impatience le récit et les nombreuses images de sa journée. Toutes les photos de ses rencontres. Les passants avec lesquels parfois elle échange, et souvent, ses moments de fraternité avec les SDF, naufragés de l'épidémie, les trop nombreux laissés-pour-compte, confinés à ciel ouvert ou sous les ponts, entre quelques mauvais cartons, résignés à leur sort dont l'injustice paraît plus criante encore qu'à l'ordinaire. Ses découvertes, instantanés captés à travers la ville, reflets dans les vitrines, objets délaissés, échantillons collectés avec la précision d'une archéologue. Son humanité. Cela devient un feuilleton poétique, un rendez-vous, un repère important dans l'écoulement des heures, contrepoint salutaire à la douleur ambiante et à tout ce qui accroche dans le réel. Elle avance dans l'écriture sans doute comme dans la vie, avec naturel, pudeur et retenue, sans chercher d'effets, retrouve les rues de son enfance, de sa jeunesse, avec pour seuls bagages des souvenirs simplement esquissés, comme laissés en suspens, aussi essentiels et ténus que le son du modeste triangle dans l'orchestre symphonique, et une mémoire riche de toutes les musiques, poésies, lectures, peintures qui nourrissent son existence. Un savoir de botaniste, aussi, venu d'on ne sait où : elle identifie et sait nommer toutes les fleurs et les plantes, les arbres qu'elle croise sur son chemin. Nous avons parlé au téléphone de ses balades, promenades d'une rêveuse solitaire finalement réunies en un manuscrit qu'elle m'a fait l'amitié de m'adresser, et de la vie. Comme si nous nous étions toujours connues. Et j'ai aimé son phrasé de chanteuse et comédienne, la vérité de sa voix profonde.

Que penses-tu de ces amitiés fantômes ? De ces inconnus – parfois certains mêmes connus de toi, des auteurs notamment, et que tu estimes ; tu serais étonné, sans doute consterné si tu voyais leurs publications – qui s'exposent à l'occasion avec une impudeur proche du ridicule mais touchante, nous font entrer dans une telle intimité que l'on en est parfois gêné.

L'idée de partager, aussi, simplement, est puissante. Les joies et les peines. Les rires et les larmes. Nous ne faisons pas plus de bruit et de vagues sur cette toile que dans nos existences, nous en disparaissons aussi vite que nous sommes venus, en laissant des traces dérisoires mais émouvantes dans leur fugacité. Et s'il ne fallait retenir qu'une raison de se trouver là, dans cette présence-là, elle tient en peu de mots, je te la livre donc : pendant le confinement, au balcon d'un immeuble d'une rue de Malakoff, une vieille femme au pullover rouge chante debout, tête haute, accompagnée à la guitare par son voisin à l'étage au-dessus : elle chante Ferrat, *Ma France*. Elle a 88 ans. Elle s'appelle Francesca Solleville. Rien que pour ce moment-là, je t'assure, je vous le jure, les coucous, rien que pour ce moment-là…

Pourtant, me voyant ainsi nouvellement attirée par ce que tu avais vite jugé non comme des chimères (tu gardes la considération du poète pour elles) mais de pures inepties, tu avais cru lire en moi un changement de nature à nous tenir éloignés plus encore que nous ne l'étions déjà.

Mais perdre son temps, n'est-ce pas seulement vivre ? Et chercher, inlassablement tamiser le sable et les cailloux des rivières pour trouver soudain, le cœur battant, après des heures, quelques minuscules poussières d'or scintillant dans le fond du tamis, n'est-ce pas aussi cela, vivre ?

Puis un jour surgit la grâce, là où on s'y attend le moins. Comme Winnie au désespoir joyeux, à la fois candide et un peu guerrière, martelant ses réflexions à un Willie invisible, peu à peu réduit à quelques points de suspension, il faut quand même que je t'en parle, même si mes mots tombent au néant de ton silence, dans l'oreille du pire sourd qui ne veut plus entendre, même s'ils traversent ce désert-là. Comme Winnie mais à ceci près que les mots m'ont affranchie de ton absence, ton inexistence radicale, m'ont sortie du silence où je m'étais trouvée enterrée jusqu'au cou.

C'est un dimanche matin je crois. Je vaque à mes occupations en regardant (sur Facebook ! Tu noteras que je ne perds de vue aucun des objets de ton ressentiment) la vidéo d'un entretien avec un auteur et journaliste inconnu de moi qui a écrit sur un temps fort du mouvement des Gilets jaunes, un événement très médiatisé, source de polémiques. L'émission retransmise doit durer environ une heure. Curieuse de savoir ce qui va être dit, je me fixe d'en suivre au moins les 10 ou 15 premières minutes. Mais dès qu'il prend la parole, je sens qu'il va être question d'autre chose, bien au-delà de l'actualité, de la politique, de ses remous et que je vais l'écouter jusqu'au bout. Il parle posément, retrace l'événement, le prend à la source pour expliquer ce qui l'a conduit à mener l'enquête, à s'intéresser de près au protagoniste, l'approcher, comprendre qui il est. Il ne projette pas sa voix, elle est un peu voilée, comme revenue de loin, ou intérieure, mais aussi incarnée de tout son être, de ses mains, son regard.

J'entends une parole claire, profonde, comme cela ne m'est pas arrivé depuis longtemps. Dans cette voix, je perçois calme et sagesse, élégance, solitude, foi, secret et liberté. Je préfère le dire pêle-mêle, cela ne s'explique pas. Ou pas encore. Il parle en son nom, ne se fait le porte-voix d'aucun groupe, d'aucun parti. Je ne crois pas qu'il s'adresse à la raison, bien qu'il revendique d'avoir écrit un apologue, il va chercher quelque chose d'autre chez qui le lit ou l'écoute. Il s'adresse à notre humanité.

Je ne sais pas encore ce qui pleure en moi, d'où viennent les larmes à l'entendre, l'émotion profonde. Probablement d'approcher quelque chose d'essentiel. Le sentiment d'une singularité, en particulier, m'a touchée en l'entendant. Je ne l'identifiais pas très bien alors, mais je sentais qu'elle était inévitable, de là où il se situait. Il n'était pas en face de l'événement, aucunement en surplomb, il ne l'abordait pas frontalement mais son point de vue apportait un éclairage unique.

Nous avons perdu jusqu'au sens de l'humanité qui devrait présider à toute réflexion, interaction, et quand elle surgit, nous saute aux yeux dans cette authenticité, avec tranquillité, cela fait vibrer dans nos âmes toutes les cordes rendues muettes sous le fardeau d'indifférence inculquée parfois dès l'enfance et sédimentée en nous au fil du temps.

Il était manifeste que l'enquête menée par cet homme, le livre qui en avait découlé faisaient réparation, réhabilitaient un frère humain livré à la vindicte du pouvoir et des médias. On avait falsifié le déroulement des faits, on avait modifié l'histoire, et lui, par l'écriture, venait rendre justice à l'homme et à l'événement sa vérité. Comment voulais-tu que cela ne trouve pas écho en moi ? C'était de l'ordre de l'évidence ; il avait à le faire, et il l'avait fait. Mais son geste n'était politique qu'indirectement. La spiritualité au centre de sa démarche, il était impossible de ne pas la voir, l'entendre sans en être saisie.

Je reviens sur mon impression de sa solitude. À la réflexion, mon sentiment était double. D'abord il y était allé seul. Détaché du peloton de bien-pensance, à contre-courant. Son acte avait dû nécessiter qu'il se rassemble, se retire en lui-même, s'isole, au sens premier de *prendre la forme d'une île,* qu'il trouve donc une sorte d'insularité avant de s'élancer et d'agir, s'interposer, intercéder. Avec sérénité assumer son acte. Ensuite, il m'a semblé que cette situation ne le conduisait pas exactement à être seul, mais un temps *séparé,* bien qu'il soit père, mari, relié à une famille qui de loin ressemble à une vraie tribu et lui donne probablement sa force. Cela arrive à chacun de nous de façon passagère, quand les circonstances l'exigent. De faire un pas de côté pour mener à bien une chose essentielle, lorsque c'est indispensable. Mais rares sont les humains séparés pour de plus hautes raisons, presque ontologiques, de l'ordre du sacré – saint Paul, je crois, disait qu'un saint est celui qui s'est laissé *mettre à part.*

Sans aller jusqu'à l'idée de leur sainteté, je ne suis pas apte à en décider, c'est une chance exceptionnelle de croiser de tels êtres, même virtuellement, et de les reconnaître. (J'ai eu la grâce de vivre cette expérience une autre fois, le jour où il m'a été donné de rencontrer Maria-Anna dans les circonstances étonnantes que tu sais.) J'avais alors écrit quelques mots à Antoine ; je le remerciais de m'avoir ajoutée à ses amis, de cet entretien qui m'avait bouleversée et lui disais que je lirais son livre. J'avais aussi écrit en commentant une de ses publications sur son ouvrage : « Quelque chose se passe, bien au-delà de la politique, de l'ordre de la spiritualité et de la grâce, comme l'accomplissement naturel et puissant d'un devoir d'humanité. » Il m'avait adressé un message chaleureux me remerciant de ma clairvoyance. Après la lecture de son livre, j'ai continué à échanger avec lui. Antoine. Toute ressemblance avec celui « *des marins, des naufragés et des prisonniers, des pauvres, des personnes âgées, des animaux, des opprimés, des femmes enceintes, des affamés, des cavaliers, des Amérindiens, traditionnellement invoqué pour retrouver des objets perdus ou des choses oubliées* » serait purement fortuite. Pas lui, un homonyme sans doute.

Au fil de ses publications, ses commentaires, il laisse des pistes, des traces de ce qui l'anime, le fait écrire. Écrire, pour lui, c'est agir. Il convoque l'histoire proche, l'histoire antédiluvienne. Celle des Justes, celle des livres sacrés. S'inscrit en filigrane dans une lignée. Avec humilité, en pointillé, presque en silence. Comme un simple fil tissé dans l'immense toile de l'Humanité. Je ne sais pas si tout le monde le voit, les gens picorent, survolent beaucoup, sur les réseaux sociaux, c'est inévitable. Il cite un jour ces mots de l'Évangile : « Car j'ai eu faim, et vous m'avez donné à manger ; j'ai eu soif, et vous m'avez donné à boire ; j'étais étranger, et vous m'avez recueilli ; j'étais nu, et vous m'avez vêtu ; j'étais malade, et vous m'avez visité ; j'étais en prison, et vous êtes venus vers moi. »

C'est peut-être pour en arriver là que je suis venue faire ce détour aux arpents des réseaux sociaux, sinon pour te dire – qu'importe aujourd'hui que tu l'entendes – du moins pour m'expliquer à moi-même ce que je ne comprends qu'avec ces lignes. Pour en arriver à cette phrase que je peux faire mienne enfin. J'accède à cette évidence maintenant, avec les signes qui se tracent sur la page blanche de l'écran, au fil du clavier. Souvent, c'est ainsi pour les choses bouleversantes. Elles arrivent par surprise. Toujours est-il qu'un jour, dans un mail que je lui adressais, j'avais fait état en quelques mots, sans plus et sans pathos, probablement pour expliquer un retard à lui répondre, de la zone de turbulences que je traversais. De mon inquiétude pour un être cher. J'étais étrangère, et il m'a recueillie. J'étais en prison, et il est venu vers moi. Lui cet étranger, cet inconnu dont je connais cependant, reconnais une part impondérable de l'âme, il m'a entendue, s'est avancé vers moi dans une grande simplicité. Il n'avait pas à le faire, et il l'a fait.

Il a cueilli mon chagrin. Le chagrin depuis des mois voué à ce silence sans nom, il m'a aidée à le porter, par sa présence dans l'absence. Sans l'once d'une ambiguïté, avec le plus grand naturel. Comme on tend la main à quelqu'un au bord du chemin pour le relever avant de continuer le sien. Et c'est ainsi que cela s'est passé. Je me suis relevée, j'ai repris ma route et quelques semaines après, l'usage de l'écriture m'est revenu et cette idée un peu insensée de t'écrire s'est imposée. Cela devait être l'affaire de quelques lignes et ce serait réglé. Mais il en aura fallu des mots et des pages, pour arriver à saisir dans la profondeur des *Liens d'espace,* selon l'expression d'un auteur qui m'est cher, la portée de ce geste dont je voulais te parler sans le comprendre encore il y a si peu de temps, et son voyage improbable depuis ce jour d'hiver où j'ai entendu cet homme évoquer la passerelle Léopold-Sedar-Senghor, jusqu'ici et maintenant.

C'est une belle idée que tout parte de la fragilité d'une passerelle de poésie pour suppléer aux ponts coupés, voler à leur secours. D'une histoire de poings serrés, fraternels, solidaires, en colère, venus en aide à une femme à terre, d'une histoire d'humains et de main tendue sur la passerelle de celui qui écrit « pose sur mon front tes mains balsamiques, tes mains douces plus que fourrure ». Que tout parte de là par le plus grand des hasards. Ce serait peine perdue de chercher à comprendre les tenants et aboutissants de ces fils fragiles, tu perdrais ton temps à le faire. Je l'ignorais encore mais je n'avais rien d'autre à te raconter au fond que cette grâce, ce don absolu dont je m'émerveille, qui contient tant de douceur et de bonté, de grandeur d'âme, qu'il peut faire cesser la douleur.

Tu ferais fausse route si tu voyais entre ces lignes ou en creux un reproche de non-assistance qui te serait adressé. Qui pourrait y songer ? Je te suis même reconnaissante de m'avoir permis sans y penser d'accéder à cette expérience. C'est une chance folle née de ton silence. Je ne sais pas pour autant si l'infinie gratitude ressentie devant la beauté, la gratuité de cette main tendue peut suffire à effacer d'un trait tout le reste, le cortège des mille et une raisons qui m'ont conduite sur cet itinéraire de délestage de ce qui m'était resté sur le cœur. Peut-être les mots déposés ouvriront-ils un jour une autre perspective quand je regarderai en arrière, libérée des décombres de l'histoire qui font écran aux jours heureux, à la splendeur dans l'herbe. Ma raison se souvient de ce que tu m'avais donné sans compter. Mon cœur peine encore à l'éprouver. Je ne suis pas sûre qu'il soit un jour capable de cette générosité, de cette intelligence, mais j'y travaille, ne serait-ce que pour lui, pour qu'il retrouve son entière liberté. Au point même que je ne citerai que pour l'anecdote les mots qui devaient conclure cette dernière conversation avec toi, y mettre un point final :

Sinon, ici…? Rien.
La vie va tant mal que bien.
Et tu t'en es lavé les mains.

Je conviens volontiers avec toi que cela aurait été un peu abrupt et bien mesquin, et le bénéfice retiré de courte durée. L'esprit de revanche n'apporte qu'une illusion d'apaisement. J'entends d'ici le chœur des coucous et leurs vives apostrophes, leur légitime réprobation. Si je ne craignais un autre tollé de leur part, je me risquerais bien à aborder la question du pardon. Je les vois déjà monter sur leurs grands chevaux, et me reprocher d'employer de grands mots :

Le pardon ! Mais il y aurait un accusé ? Un coupable ? Un tribunal ? Un procès ? Plus personne, dans cette maison, ce labyrinthe dont les portes claquent au vent d'automne. Ils sont vides !

Paix, mes amis, je n'ai fait de procès à personne. J'ai dû m'adresser à un fantôme (ou un factotum, je l'ai déjà dit), à cette entité absolument désincarnée et qui s'était voulue telle pour m'écrire les mots imprononçables. Ou à celui qui était devenu au fil du temps une sorte d'*archétype*, de mosaïque improbable des images d'hommes sédimentées dans ma mémoire, avec leur cortège de souffrances et de ratages, peut-être un simple avatar donc, sans aucun rapport avec celui que j'ai connu – lui est probablement hors de cause, le pauvre, qui sait si quelqu'un n'aurait pas usurpé son identité, allant jusqu'à l'empêcher d'être, qui sait même si ce mail que j'avais reçu n'était pas une sorte de spam très sophistiqué conçu par quelque cerveau informatique, obscur souverain des trolls ?

Je ne croyais pas si bien dire en avançant l'hypothèse d'un fantôme à l'origine de ce mail que tu m'avais adressé. J'ai découvert très récemment que rompre, disparaître ainsi – soit en tournant les talons sans un mot d'explication, soit au moyen d'un sms ou d'un mail – porte un nom, figure-toi ! C'est maintenant un phénomène répertorié et analysé en sciences humaines. Un objet d'étude. On appelle ça le ghosting. Incroyable, non ? Je suis tombée par hasard sur une émission à ce sujet, ironiquement intitulée *La rupture sans contact*. Comme les cartes de crédit ! Curieusement, je crois que le fait d'entendre philosophes, sociologues, psychologues en parler m'a libérée d'un poids. Comme si le fait de savoir que ça existait et faisait mal m'autorisait le chagrin, donnait une légitimité à tout ce que j'avais ressenti. Et pour la première fois j'ai pu laisser couler des larmes réparatrices.

Mais je reviens à mon propos. J'ai dû m'arranger avec tes mots que j'avais dans ma subjectivité jugés impardonnables. Faire avec, comme on dit, et avec les moyens du bord. Cela pose donc la question si paradoxale du pardon et de son principe : on ne peut envisager de pardonner que des choses impardonnables, faute de quoi, quel sens aurait le pardon ? Mais à l'inverse, quelle est sa valeur si l'on pardonne l'impardonnable ? La réponse est en soi. Au moins, le pardon libère, apaise celui qui l'accorde. Pendant des mois, je m'étais contentée du geste fortuit (mais bel acte manqué !) d'effacer tes mots par erreur. Perdre leur trace était peut-être un premier pas vers une forme de pardon, mais cela n'a pas suffi. L'oubli n'a rien à voir avec le pardon.

En ces premiers jours d'automne, la boucle est presque bouclée, depuis la mort de ces deux mouches froidement exécutées et la découverte de tes variations autour de ce thème, sur ce qui est bien, de fait, un topos littéraire, mais tellement circonscrit qu'il s'apparenterait plutôt à une niche, de ton texte, donc, trouvé par hasard le 2 novembre, jour des Morts. Il m'aura fallu presque un an pour parvenir jusque-là.

Alors j'ai traversé la Méditerranée, je suis revenue sur l'île que je porte dans mon cœur, au village où je laisse toujours une part de moi en m'en allant. J'y suis arrivée avec l'automne, les orages et les tempêtes. Inhabituel, de venir en cette saison, mais les circonstances l'ont voulu ainsi, et c'est une expérience étonnante, un peu comme une initiation, redoublant ma solitude dans la sérénité, malgré les tourbillons de pluie et de vent. Dans une accalmie, j'ai retrouvé les jardins exultant de verts entre les deux églises, l'éclat des fleurs de bougainvilliers, le tendre bleu des volubilis entortillés sans façon aux grillages, aux barbelés, aux barrières en bois des potagers ou aux vieux sommiers rouillés qui tiennent parfois lieu de palissades. J'ai tenté de laisser de l'autre côté le monde et ses affres, ses menaces d'apocalypse, ses messages alarmants à chaque seconde, ses guerres, ses épidémies, ses horreurs ordinaires. Tenté seulement. Ses nouvelles me parviennent de manière assourdie, c'est déjà un bienfait non négligeable. J'essaie de les tenir le plus possible à bonne distance, même si elles ne sont que très passagèrement entre parenthèses, même si je ne suis à l'abri de rien, d'aucun effet boomerang. Je l'ai bien compris en retrouvant les fragiles rivages, battus au vent, recouverts d'écume frémissante alourdie par des traînées de pollution et teintée de la terre où les vagues l'avaient projetée par-delà les rochers, et qui formait une étrange mer intérieure, tremblante et captive ou volait au hasard dans le maquis en gros flocons sales entraînés par les rafales et accrochés aux buissons d'épines. J'ai vu les plages avalées par la mer en furie, la côte assaillie par endroits au-delà du sable, éboulée dans des chaos de terre rouge sombre et de granit. J'ai constaté cette réalité ; il était difficile d'y échapper. De ne pas lire un symbole dans ces pans de littoral qui tentent de résister – pour combien de temps ? – à l'effondrement général. Comme un signe d'une cote d'alerte à jamais franchie. Certaines maisons construites au bord de l'eau, convoitées – au siècle dernier ! – pour leur emplacement exceptionnel, sont devenues inhabitables, invendables et commencent à tomber en ruine. Elles se dressent là, encore imposantes avec leurs façades décrépies aux couleurs passées, leurs vitres et leurs volets cassés, comme les témoins d'une époque révolue et insouciante où nul n'imaginait que leur situation jugée idéale, « imprenable », deviendrait un jour précisément la cause de leur ruine. J'ai eu froid, je me suis laissé surprendre, je n'avais pas prévu ces désordres météorologiques, pas à ce point. Les gens du village disent qu'ils n'ont jamais vu ça à cette époque de l'année. Pendant ce temps, de l'autre côté de la Méditerranée, une vallée des Alpes Maritimes était ravagée par des pluies et crues torrentielles, les maisons emportées par des fleuves de boue, ou coupées en deux comme des boîtes d'allumettes, en suspens au bord de l'abîme, routes et ponts coupés. On est inévitablement rattrapé par le réel, l'avènement de ce collapsus né de nos prédations compulsives. Les images de ces maisons dérisoirement suspendues au-dessus du vide nous rappellent que nous sommes à l'orée des grandes catastrophes, dans une sorte de trou d'air qui contient pour quelques années encore son principe de survie si nous savons le saisir à temps, si nous ne restons pas sourds à ces coups de semonce avant la grande rupture. Aussi, tu vois, que nos ponts à nous soient à jamais coupés n'est décidément qu'un épiphénomène, une pure anecdote dans le contexte ambiant.

Toujours est-il que depuis des mois je rêvais de fouler pieds nus le sable sec, le sable chaud, le sable froid, granuleux, humide, ou tellement doux. J'en éprouvais physiquement le besoin. Et j'ai retrouvé le bonheur simple de toutes les sensations sous mes pas. J'aime par-dessus tout ici le sable, la finesse de ses grains, sa blancheur qui donne à la mer sa transparence. C'est loin d'être un exploit mais en près de trois semaines, quand le temps le tolérait, avec une sorte d'obstination, aux limites de l'épuisement parfois, (je me suis amusée à le calculer grâce – ou à cause de – cette application de smartphone qui te suit à la trace, sait et te dit quelle distance quotidienne tu as parcourue ; tu dois détester cela !), j'ai fait environ 192 803 pas et 134,73 kilomètres, presque uniquement en arpentant les plages, quelle que soit la difficulté de la progression dans les algues ramenées en quantité incroyable par la mer déchaînée : la Méditerranée joue parfois dans la cour des grands, rivalisant avec ton océan, et les rouleaux qui viennent se briser sur la grève sont noirs des tonnes d'algues qu'ils charrient. Ou j'ai cheminé sur le sable détrempé dans lequel les pieds s'enfoncent, ralentissant la marche et mobilisant sans ménagement tous les muscles avant de leur offrir comme en récompense de tant d'efforts, un tapis tiède et soyeux au socle ferme, déroulé sur quelques centaines de mètres, savouré à chaque pas, et parfois – ô merveille – grâce à la pluie et au vent qui effacent tout, vierge de toute trace des hommes, comme un désert miniature ou un champ de neige immaculée, seulement marqué devant moi par les empreintes des quatre pattes qui m'ont vaillamment précédée. Presque 135 kilomètres donc, c'est te dire si beaucoup de choses se sont fondues aux éléments, ou s'y sont diluées, même si rien ne se perd vraiment.

J'avais certainement besoin de me trouver confrontée des heures entières à cette forme d'effacement, à la fragilité des traces, je devais reconnaître la friabilité, l'humilité, l'impermanence de la Nature elle-même pour tenter d'effacer l'empreinte de tes derniers mots. Un jour, en marchant à la lisière des vagues, j'ai vu un minuscule poisson d'argent échoué sur le sable, agité de soubresauts, arc-bouté dans un effort désespéré pour survivre. Je l'ai recueilli au creux de ma main, me suis avancée dans les tourbillons du ressac et l'ai jeté au plus loin pour tenter de le sauver. Un contrepoint silencieux au souvenir de mes deux mouches inaugurales. Un signe sans doute que l'eau avait coulé sous nos ponts coupés. Devant la colère des éléments, j'ai dû laisser retomber une part de celle qui t'était adressée, comme si elle s'était trouvée transférée, déléguée dans les tempêtes. Mais cela n'entame en rien ma capacité d'indignation, n'éteint pas sa flamme et l'énergie de combustion qu'elle engendre. Elle n'est même pas en sommeil. Elle se repose dans la parenthèse insulaire pour revenir unie à des milliers d'autres quand il le faudra, et il le faudra, hélas, très rapidement. Non, je n'oublie pas que *nul homme n'est une île en soi.*

La grâce de la main tendue n'est pas étrangère à ce voyage, elle l'a sans doute initié, ponctué, lui a donné son origine ou son orientation. Elle m'a aidée à traverser les turbulences, sortir de l'œil du cyclone, mettre l'hybris en cycle économique, ne plus tempêter en vain, faire plus humblement enfin le deuil d'un rêve d'absolu qui avait relativement mal tourné, le cas de le dire, et m'a fait ce don inouï de me rappeler que l'Absolu en soi n'était pas mort pour autant, qu'il existait bel et bien ailleurs pour qui savait le discerner.

Parfois il s'est rappelé à moi par hasard, j'ai pu l'entrevoir quelques secondes. Il y a eu cette rencontre avec Marie. Je la connaissais de vue depuis longtemps. Elle était l'une des iconographes qui avaient participé quelques années auparavant à la restauration de l'église grecque qui dialogue en silence avec sa sœur latine par-delà les jardins. Une première fois près du rivage, elle m'a raconté à mi-voix, avec peu de mots, comment ce travail l'avait sauvée après avoir vécu un drame. Un autre jour, je m'apprêtais à repartir de la plage, je l'ai trouvée comme souvent, occupée à soigner et nourrir les chats abandonnés autour de leurs abris de fortune malmenés par le vent, qu'elle tentait aussi de consolider. Elle m'a parlé de la peinture des icônes. De la lenteur de ce travail, en plusieurs phases sur des semaines, deux mois au moins, comme un rituel d'approche du sacré. De l'importance de faire le vide en soi avant de commencer, puis de la nécessité de se concentrer, d'entrer en une sorte de communion avec le sujet choisi, qui allait naître du dessin et des couleurs naturelles qu'elle fabriquait avec des méthodes ancestrales, comme le lui avaient appris un pope iconographe russe et un archimandrite, les deux pères et guides spirituels qui l'avaient empêchée de s'effondrer. Elle m'a confié qu'elle enseignait maintenant l'art de l'iconographie à des religieuses, des carmélites d'ailleurs ! Elle ne priait pas comme elles mais avait à l'évidence son langage pour accéder à l'Absolu par ses propres chemins. Elle ne le disait pas à tout le monde, mais elle savait que moi, je pourrais la comprendre : elle priait à sa façon en s'occupant des chats, en restant parmi eux, en venant chaque jour adoucir leur quotidien de sa présence et de ses soins. Tout l'argent des icônes réalisées qu'elle vendait allait à diverses associations de protection des animaux. Elle m'a dit que les gens pleuraient parfois quand elle leur remettait leur icône. Elle m'enverrait des photographies des différentes étapes de son travail pour me montrer. Tout avait été dit encore presque à mi-voix, dans un sourire, avec pudeur, économie de mots, dans la lumière du regard clair, et je suis rentrée touchée par cette brève rencontre.

Le lendemain, comme chaque fois avant de quitter le village, de retraverser la mer, je suis allée me recueillir dans la simplicité de l'église grecque, sous le bleu de ses voûtes étoilées, devant les icônes que Marie et les autres peintres avaient autrefois restaurées. Un petit chat s'est glissé entre les rangées de chaises ; il a sauté familièrement sur mes genoux avec des ronrons qui résonnaient dans tout le silence de l'église. Le signe furtif et réconfortant d'une autre présence, peut-être. Ou un lien ténu avec la rencontre de Marie et ses chats, sur le chemin de terre qui borde la plage.

Parfois au contraire, j'ai travaillé presque studieusement à cette quête. Depuis des années, c'est un rituel, que tu regardais de loin comme une chose un peu exotique, avec une tendresse amusée. Une incantation muette, dans l'intervalle de mes longues marches dans le sable, l'exercice quotidien auquel je me livre au bord de l'eau : attendre, scruter sur le sable mouillé, entre deux vagues, ces petits chefs-d'œuvre de la nature que sont les opercules de coquillages nommés yeux de sainte Lucie – parce que les humains ont bien senti leur sacralité – puis recueillir entre mes mains le miracle de leurs spirales blanches, de ces miniatures rejetées sur le rivage dans le tumulte des flots, qui nous font toucher modestement à une forme de perfection et produisent en nous une joie et une sérénité diffuses. Je dis en nous parce que, même si les plages sont peu fréquentées en cette période de l'année, il y a toujours quelques solitaires occupés à cette recherche qui dépasse sûrement, pour eux aussi, le simple goût de la collection, de l'accumulation et relève plus ou moins consciemment d'une expérience spirituelle. C'est la force d'attraction de ces trésors minuscules. La spirale rencontrée dans la nature, née d'elle, exerce un pouvoir de fascination tel sur les hommes qu'ils n'ont eu de cesse de l'imiter. Elle représente tant dans son mystère, permanence et changement, finitude et infini, éternité et renaissance, plein et vide. Mais là, on est sortis du cairn de Gavrinis ou d'ailleurs, ce ne sont pas les hommes qui l'ont gravée dans leurs souterrains de granit, les yeux de sainte Lucie sont une offrande cosmique, entre ciel et mer. Et le miracle est d'autant plus étonnant qu'il est issu de l'Astraea rugosa – étoile ou astrée rugueuse (comment ce coquillage si rude peut-il donner naissance à une telle merveille ?) – dont le nom et l'apparence renvoient à la nuit des temps, aux origines archaïques d'un monde où l'Homme était inconçu, infiniment absent. Et je lis dans cette offrande la sortie du labyrinthe de mon ressassement et le symbole de ma patiente recherche d'une épiphanie aussi muette que ces fragments de coquillages. À l'air libre enfin, mais sans tambour ni trompette, sans *Eurêka* tonitruant. Épiphanie la plus modeste et laïque possible, prise au clair de son étymologie, simplement comme *manifestation, apparition,* c'est-à-dire *compréhension soudaine de l'essence ou de la signification de quelque chose,* dixit une fois de plus l'Encyclopédie participative dont le contributeur précise opportunément : « le terme peut être utilisé dans un sens philosophique ou littéral pour signifier qu'une personne a "trouvé la dernière pièce du puzzle et voit maintenant la chose dans son intégralité" ou a une nouvelle information ou expérience, souvent insignifiante en elle-même, qui illumine de façon fondamentale l'ensemble. »

Je ne suis pas sûre de voir la chose dans son intégralité, ni même d'avoir trouvé la dernière pièce du puzzle – la possédons-nous jamais ? – mais il est certain qu'une forme de compréhension a eu lieu. Ce qui me guide dans ces moments rares, c'est la qualité et la densité si particulières de l'émotion que je ressens. C'est elle qui me tient en alerte, parce que je la reconnais, elle m'annonce que je suis devant un signe ou un message essentiel, une sorte de révélation dont le sens m'échappe encore, mais que je dois chercher à élucider. Marie, ses icônes et la tribu des petits chats abandonnés, et dans l'église leur image en miroir, comme inversée, avec la furtive apparition d'un de leurs semblables au milieu du cercle d'icônes, me rappellent l'action de grâce qui m'a guidée jusque là.

Donc, j'étais en train de te parler de gratitude, je crois. De la rareté de ces instants qui nous la font éprouver de toute notre âme et nous transforment, nous font avancer en humanité, en humilité, nous aident inexplicablement à devenir meilleurs, un pas après l'autre tout au long du chemin. Je te parlais de ce qui avait permis contre toute attente de relier deux rives soudainement séparées par la rupture des ponts dynamités, ou de reconstituer une partie de l'histoire en mille morceaux. Une passerelle ou sa métaphore, miracle de fragile équilibre, construite en quelques heures peut-être, surgissant dans la brume au petit matin, ou dans les vapeurs de gaz lacrymogène, défiant le chaos, tels ces ponts suspendus fabriqués en une nuit au siècle d'avant par le peuple nord-vietnamien après les ravages des bombes américaines. Comme si de rien n'était. Et je comparais la grâce qui m'a fait croiser Antoine dans ce monde virtuel que tu exècres, avec celle que j'ai rencontrée dans la vie réelle, en me trouvant un jour face à Maria-Anna. Je ne vois pas de différence. Le même sentiment d'être devant quelque chose de sacré, qui agit *définitivement* sur le cours des événements, le rapport au monde, au temps, à l'existence, à l'être profond. Cela n'arrive pas souvent dans une vie. Je cherche ce qui constitue cet essentiel, qui en fait la matière, même s'il s'agit d'une matière abstraite et invisible. Une forme d'intransigeance, peut-être, un lieu intouchable, invincible, chimiquement pur, comme une forteresse intérieure qui résiste à tous les assauts du mal et nous renvoie à notre petitesse. Probablement aussi le fait qu'ils surgissent de nulle part, se trouvent à un endroit où on ne les attend pas, et ce faisant, on découvre leur existence par une effraction dans le réel. Comme entre deux mondes, et puis comme je te le disais, cette impression très forte, et mystérieuse, qu'ils se sont laissé mettre à part, à l'écart, *isoler,* s'en sont remis en toute confiance à bien plus puissant qu'eux. D'où mon sentiment de me trouver face à la représentation d'une forme de sainteté, non pas précisément au plan religieux, mais au sens d'un absolu d'humanité. Une exceptionnelle attention à autrui. Elle porte un nom que je n'ai pas écrit depuis longtemps. C'est très simple, cela doit s'appeler l'Amour. Un pur amour d'éternité.

Maria-Anna en vérité, la première fois que je l'ai rencontrée était l'image, l'icône même de la séparation consentie, de cette condition ontologique de l'isolé(e) portée à son plus haut degré – je m'en expliquerai – également pressentie chez Antoine. Je n'ai plus grand-chose d'autre à te dire, à t'offrir en guise de conclusion que ces deux incarnations d'un amour total. Juste tenter de délivrer l'image de Maria-Anna scellée dans ma mémoire, que j'ai à jamais comprise, prise avec moi. Essayer de la représenter, d'en recomposer en quelques mots sinon l'essence, du moins la perception que j'en ai eue, si précise en moi aujourd'hui encore, telle qu'elle m'a été donnée il y a près de dix ans maintenant. Pour rien, pour terminer par un peu de paix et de lumière.

Et même si tu as raccroché depuis longtemps, tant pis, elle sera peut-être utile aux coucous, dans cette folle dystopie que nous vivons, avant le couvre-feu qui va nous disperser, la chape de plomb qui va tout recouvrir, la deuxième, la troisième, la quatrième, la cinquième vague et l'hécatombe annoncées qui nous exposeront à tous les dangers sur le rivage. Avant le grand abandon, le cynisme du pouvoir, son incohérence érigée en loi jusqu'à l'absurde, l'extinction des feux, de la joie, l'effondrement des espèces, de la liberté, le confinement de la beauté, de la sagesse, de la culture, de l'enfance, du rêve, du savoir, de la vérité. Avant la disparition des théâtres, des concerts, des restaurants, des musées, des terrasses de café les soirs d'été, avant que nous ne soyons emportés, pauvres fétus, par les inondations, les raz-de-marée, la fonte du permafrost, la montée des eaux, ou confinés sous la haine, la terreur, la violence aveugle, les déchets, l'état d'urgence, leurs passeports sanitaires, leurs QR codes, leurs variants, leurs doses de rappel. Ou avant que nous ne soyons engloutis sous les décombres de ce monde exténué, anéantis par les incendies, la planète brûlée, la barbarie, les guerres, les lois d'exception, de sécurité globale, les crues, les famines, les grandes pandémies, les fanatismes, les tornades, l'obscurantisme.

Alors, l'image, c'est aux coucous que je la confie en guise d'épilogue avant leur envol. Pour leur dire que rien n'est jamais perdu, même si tout semble montrer l'inverse, qu'il existe toujours un signe, une échappée possible, une passerelle invisible pour traverser, franchir, jeter un lien entre deux rives. Et que de l'apocalypse naîtra sans doute un dévoilement, et un ordre, du chaos. Un jour peut-être. Il doit bien y avoir un lieu secret, à l'abri. Ils le trouveront parce que c'est inné en eux, dans leur nature même. Sans qu'on leur fasse un dessin ou un jeu de piste, ils sauront.

Voilà. Elle est là, au milieu de l'allée du jardin qui conduit en pente douce à la maison familiale. Entre les pins et les chênes, en grande tenue de carmélite, aux derniers jours de l'été. On m'a beaucoup parlé d'elle, je ne la connais pas. La première fois que je la vois. Et c'est comme une apparition. Elle a dû quitter le couvent, renoncer un temps à sa liberté d'être enfermée, de se tenir dans la clôture. C'est ainsi, elle n'a pu faire autrement. Doublement isolée, donc, mise à part, comme dans un emboîtement sans fin de poupées russes, ou cette poupée dite de collection, comme on en raffolait dans les années soixante, posée sur la commode de la chambre dans la maison corse. La petite carmélite miniature, confectionnée par les religieuses, bien enfermée dans sa boîte cylindrique transparente, en robe de bure et scapulaire marron, toque blanche sous le voile noir, tels que les portaient Thérèse d'Avila et sa communauté il y a cinq siècles, au commencement de l'ordre.

Elle est là, donc, dans une sorte de stupeur de se trouver hors du Carmel. Dans un arrachement. D'une poignante solitude. Elle flotte plus qu'elle n'avance, paraît en suspens, comme en lévitation, un peu à côté d'elle-même, ses pieds ne semblent plus toucher le sol. La finesse de ses mains, sa silhouette fragile, son visage diaphane contrastent vivement dans la lumière du jour avec la rudesse de l'habit. J'entends pour la première fois sa voix céleste, sa vibration si particulière, presque une voix d'enfant qui me souhaite le bonjour, et c'est bouleversant. Je saisis la souffrance, le déchirement, la détresse dans cette traversée d'un désert inattendu sur son chemin de religieuse mais je perçois quelque chose qui résiste, d'aussi pur qu'un diamant. Avec une détermination plus qu'humaine. Tout a un sens et elle le sait. Ce doit être cette connaissance secrète qui fait naître, au-delà de tout ce qu'elle endure, une aura autour d'elle que je discerne clairement. Elle se tient droite dans la tourmente. *Stabat Mater.* Accueille l'épreuve dans son amour et sa foi absolus. Je sens ce qu'elle mobilise d'énergie pour parvenir à proférer ces syllabes tremblantes. De tout son être elle s'efforce de se tenir debout, même si son regard est ailleurs, au-delà, comme rivé sur un invisible point fixe. Elle lutte comme à contre-courant, pour être présente malgré tout, rester dans l'instant. Ce jour-là, il ne se passe pas grand-chose de plus, les paroles n'ont pas cours, elle est trop loin encore dans cette douleur. Je garde la vision de cette icône vivante, un *Stabat Mater* incarné devant moi aussi émouvant que celui de Pergolèse, dont les notes et le chant m'accompagnent souvent dans le silence de la pensée.

Un peu de temps s'écoule après ce jour marqué d'une pierre blanche. Puis contre toute attente, elle a doucement traversé le gué, ou peut-être a-t-elle trouvé une passerelle, un pont suspendu visible d'elle seule pour rejoindre l'autre rive. Une renaissance, un miracle pour qui l'avait vue si fragile et prête à se briser quelque temps auparavant. Les deux autres fois où je l'ai revue avant son retour au Carmel sont également ineffaçables de ma mémoire. Elle était venue nous apporter son soutien dès qu'elle avait pu se soutenir elle-même, accompagnée de sa mère : offrir à la mienne, aux derniers jours de sa longue vie, pour accompagner son passage, des prières inouïes, lumineuses, d'aucune liturgie connue, venues du fond de l'âme, de sa longue pratique de l'oraison silencieuse, d'une conversation ininterrompue et familière avec le divin. Étonnamment simples. Les seules peut-être que pouvait encore entendre celle qui n'avait jamais voulu prier, mais dont le visage s'éclairait d'admiration et de joie – au-delà de son athéisme revendiqué du temps où elle en avait encore la force – devant la foi de certains proches. Comment ne pas éprouver une infinie gratitude devant cette incroyable offrande, cette autre main tendue ?

Le jour de la troisième rencontre avec elle, du temps avait passé, j'étais retournée la voir dans le jardin aux grands arbres protecteurs. Nous étions seules devant la maison, assises près de la table de la terrasse. Son regard, tout son être étaient là, d'une acuité que je ne leur connaissais pas encore, ils occupaient pleinement l'espace et l'instant. Le fait de se trouver provisoirement hors de sa clôture n'avait aucunement entamé sa volonté de s'en tenir au plus près, sans aucun écart, sans le moindre relâchement dans le strict habit de carmélite, dans le découpage des journées et des nuits au rythme millimétré de la liturgie des Heures, des silences, des oraisons. Elle s'accordait simplement une pause pour me parler un moment, comme elle aurait aussi bien pu le faire au couvent. Elle reconstituait sa clôture, la bricolait, l'aménageait à sa façon. Elle m'a parlé longuement. M'a fait ce nouveau don de se confier, me raconter son histoire, la déposer devant moi. Je la conserve précieusement.

Ce que je peux dire maintenant tient à peu de chose, mais qui sait, pourra nous aider dans la traversée de ces temps mauvais qui s'annoncent à nouveau. C'est l'écume des vagues, une poignée de sable blanc, quelques yeux de sainte Lucie recueillis comme un trésor. C'est le regard de Maria-Anna, son sourire. Sa douceur et sa détermination. La clarté et la lumière des paroles de celle qui avait été plongée dans l'obscurité. De celle qui évoque, pour en parler, l'image d'une pauvre petite lampe d'argile emplie de l'huile précieuse de l'espérance. Éclairée par sa flamme. Maria-Anna, l'humilité et la grâce. La détermination tranquille et la foi, intactes dans l'épreuve, face aux écueils posés devant elle. Je lui avais dit que Petite-Lampe-D'Argile pourrait bien être son nom-totem, et elle en avait aimé l'idée. De là où je me trouvais et dans ma naïveté, mon ignorance, j'avais cru un moment, et même espéré avant cette conversation, voir dans sa situation un signe que quelque chose l'appelait à revenir au monde, à la vie séculière, comme si cette dernière avait plus de valeur et de sens que la sienne. En quelques secondes j'avais été convaincue de mon erreur, sans qu'il lui soit besoin d'argumenter. Il suffisait d'être là, auprès d'elle, de la voir, pour saisir la force de ce qui l'animait. Elle n'était pas tombée dans le panneau tendu par les aléas de la Providence. Avec patience, discernement, malgré les puissances contraires contre lesquelles elle avait dû lutter dans le même temps, elle avait su dans la tourmente séparer le grain de l'ivraie. Elle avait été mise à part, isolée sans ménagement pour accéder à cette évidence. Dans son regard, je lisais l'affirmation de son choix. Voilà sans doute à quoi avaient servi sa conduite au désert, ce cataclysme – tombés du Ciel, qui sait ? – auxquels elle avait survécu et dont elle avait triomphé : à cette lumière jaillie des ténèbres. À la connaissance intime de sa vérité : la certitude d'être humblement et infailliblement à sa place. Et à cette révélation qu'elle partageait avec générosité, s'ajoutait la découverte pour moi que sa place n'était nullement hors du monde ou de la vie, comme j'aurais pu le croire, abreuvée – et abusée – depuis mon plus jeune âge comme je l'ai dit, par les représentations littéraires de la vie monacale, les romans où il n'était pas rare que l'héroïne aille *s'ensevelir au fond d'un couvent.* Nullement ensevelie, donc, mais indéfectiblement à sa place, puisque le Carmel où elle s'apprêtait à retourner dans une joie profonde était le lieu même de sa spiritualité, le centre d'un Amour absolu qui rayonnait dans la prière et la contemplation par-delà les murs pour soutenir l'Humanité et le monde.

C'est tout ce que je voulais partager avec vous, chers coucous, et vous en êtes peut-être interloqués. Cette icône vivante, le contraste de l'image modeste et sublime d'une vie spirituelle épousée dans la quiétude, avec nos vies matérielles et les mille morts qu'elles nous font souffrir. Une figure de Résistance et de libre arbitre, aussi. Un pont suspendu. Ou un petit manuel de survie, une sorte de guide pour parvenir à ce lieu que nous cherchons tous, contre vents et marées, et nous sentir après tant d'errances, indéfectiblement à notre place. Toujours bon à prendre dans ces temps troublés. Cette idée devrait vous parler, non ? Vous qui cherchez sans trêve ce nid, cet abri que vous ferez vôtre. Celui-ci est devenu inhabitable. Il va bien falloir le déserter et en construire un autre sans tarder. Ensemble ou seuls, mais reliés, c'est peut-être ainsi que nous trouverons notre place sans prendre celle des autres, ou celle qui n'est pas faite pour nous.

Voilà, c'était peu de chose, vraiment, avant d'entrer à nouveau dans les tempêtes, les catastrophes. C'était l'image d'une petite lampe d'argile, le regard de Maria-Anna, la lumière de son sourire. L'écume des vagues, une poignée de sable scintillant, quelques spirales blanches recueillies comme un trésor.

De toute façon, toi tu sais.

Tu connaissais déjà cette image. Et il est clairement établi que de *A* à *Z*, tu n'as rien voulu entendre. Je ne termine pas sur un *plus jamais,* je me moque des effets de manche, d'avoir le mot de la fin. Mes mots t'ont déserté, comme tu les as désertés depuis longtemps. Ils ne s'adressent plus à toi. À ce *toi* qui a perdu peu à peu sa densité, sa plénitude, jusqu'à son sens, jusqu'à ce que le mot lui-même, aussi lumineux, minuscule et universel qu'une étoile s'éteigne, se dilue, se désintègre et disparaisse. C'est sans doute le signe, à la lettre, que *ce n'est plus la peine.* Je ne peux rien te dire d'autre à présent.

Else,
2 novembre 2020.

Remerciements

À toutes celles et ceux, proches ou lointains,
qui m'ont aidée et guidée dans mon cheminement
d'écriture, un grand merci, et toute ma gratitude
pour leur générosité et leur bienveillance.

A.D.